合理的にあり得ない

上《かみ》水《づ》流《る》涼《りょう》子《こ》の究明

2

柚月裕子
Yuzuki Yuko

講談社

目次

装幀　坂野公一（welle design）
カバー写真　Adobe Stock

合理的にあり得ない 2

上水流《かみづる》涼子《りょうこ》の究明

物理的にあり得ない

一

マールボックが過ぎ去ったあとには、雲ひとつない青空が広がっていた。

マレーシア語でチョウショウバトの名を持つ台風で、その鳩は週末に日本列島を縦断していった。本物のチョウショウバトは小型だが、台風のマールボックは大型だった。深く色づいた街路樹の葉を根こそぎ薙《な》ぎ払っていった。

上水流《かみづる》涼子《りょうこ》は、五階の事務所から歩道を見下ろして、頭に浮かんだフランスの古い詩をつぶやいた。

「秋の日の、ヴィオロンの、ためいきの、身にしみて、ひたぶるに、うら悲し」

涼子が経営する上水流エージェンシーは、新宿《しんじゅく》の大通りから裏道に入った雑居ビルにある。ビルの前の通りは、車がやっとすれ違うことができるほどの狭さで、若者が好む華やかな店もない。いつからあるかわからない古書店や、曰《いわ》くありげな品を置いている古美術商、滅多に客を見かけない寂れた中華料理屋などが軒《のき》を連ね、用もない者がわざわざ入ってくる路地ではない。

涼子は事務所を構えるときに、敢えて人目につかないこの場所を選んだ。殺しと傷害以外はどんな依頼も請け負い解決する何でも屋。連絡先は一切公表していない。もちろん、事務所のホームページもない。依頼人は人づてに事務所の存在を知り、やってくる。

涼子のもとを訪れる誰もが、正当な方法では解決できない悩みを抱えている。大声で助けを求められる問題ならば、規格外の依頼料を支払わなければならない涼子のもとへなどやってこない。迷うことなく、警察や弁護士のもとへ駆け込んでいる。

人目を憚《はばか》る依頼人のために、ひっそりとした静かな場所に事務所を構えたのだが、秋風が吹き、今日のように樹木の裸の枝が目に付く季節になると、少しだけ喧騒が恋しくなる。

窓辺に佇《たたず》み、歩道の脇にうずたかく積もる濡れ落ち葉を見つめていると、後ろから貴山《たかやま》の冷ややかな声がした。

「感傷に浸っている暇があるなら、この仕分けを手伝ってください。こっちは猫の手も借りたい状態なんです」

貴山は自分の椅子に座り、手を動かしていた。机の上には、領収証が山になっている。

事務所を構えているからには確定申告――あくまで表向きの、をしなければならない。ただでさえ表に出たらまずい問題を扱っているのだ。下手に税務署から目をつけられて、藪蛇《やぶへび》になっては困る。だが、確定申告まではあと四ヵ月もある。そんな先の準備をしている貴山に、涼子は呆《あき》れた。

「まだ時間はあるじゃない。焦ることないわよ」

貴山は動かしていた手を止めて、涼子を睨《にら》んだ。

「何事においても、いまできることを先延ばしにしていいことなどなにもありません。仕事が途切れているいまこそ、片付けておくべきです」

貴山とコンビを組んで、およそ七年になる。まだ謎の部分は多々あるが、長い付き合いのなかで貴山のおおよその性格は把握した。完璧主義で、物事を斜に構えて見るニヒリスト。非建設的なことを嫌い、なにごとにおいても計画を綿密に立てて、無駄を極力省く。

涼子の秘書であり、助手であり、事務所の経理だ。そのすべての肩書の上に「有能な」という枕詞がつく。要は、この事務所は貴山なくしては成り立たないというわけだ。

それはともに仕事をしてきた涼子が一番よく知っている。貴山が言うことは至極もっともだということもわかっている。

いまのやり取りも、まったくもって貴山の言うとおりなのだが、どうにもやる気がおきない。面倒なことは少しでも先延ばしにしたいという涼子の性格からか、自分がやらなくても貴山がやってくれるという甘えからか。きっとその両方だと、涼子は思う。

貴山は領収証の山の半分を両手で持ち上げると、椅子から立ち上がった。

「これを、それぞれの項目に分けてください。そうそう、洋服、備品など勘定科目を問わず、三十万円未満のものは減価償却扱いになりますから、別にしておいてください」

涼子は、気が滅入ってくるのを感じた。手続き上の書類や、収入、経費などの数字を見ていると、かつて自分が弁護士だったころを思い出す。

涼子は胸の奥からこみ上げてきそうになる苦い記憶を払拭するように、意識して話題を変えた。

「今日の紅茶もいいわね。これはなあに？」

涼子は手にしているティーカップを軽く持ち上げた。貴山が淹《い》れた紅茶だ。

貴山は自分が淹れる飲み物にこだわりを持っている。そこをつかれると、わりと簡単に話に乗ってくる。

貴山は中腰のまま答えた。

「パリ・マレです。ジンジャーが入っています」

涼子は手放しで褒めた。

「さすが貴山。今朝は冷え込みが強いから、身体が温まるものが欲しかったの」

世辞ではない。コーヒーや紅茶に限らず、貴山はその日そのとき、その人物に一番合う飲み物を選ぶ。感情をストレートに出さない貴山を、冷淡な青年と感じる者はいるかもしれない。しかし、実は鋭い観察力があり、人一倍気遣いができる人間なのだ。

涼子の本気の褒め言葉を、貴山は無視した。その手には乗らない、といった意図を含んだ目で涼子を見ると、両手で抱えている領収証を涼子の机に乱暴に置く。

「それを飲み終えたら、作業をはじめてください」

涼子は軽く首を振りため息を吐《つ》いた。いつなんどきにおいても失わないこの冷静さは、ＩＱ一四〇という頭脳がなせる業《わざ》なのか。はたから見ればイケメンの部類なのに、いつまでたっても女ができない理由は、そこにあるように思う。

涼子の重い息を耳ざとく聞きつけたのか、貴山は涼子を目の端で睨んだ。

「なにかご不満でも？」

涼子は肩を竦《すく》めると、飲みかけの紅茶を一気に飲み干した。

「はいはい。やります、やります。やればいいんでしょ」

涼子の投げやりな口吻《こうふん》を気にする様子もなく、貴山は手を動かしはじめた。

貴山の機嫌をそこねると、午後の美味しい紅茶は望めない。涼子は作業からの逃避を諦めて、机の上の領収証に手を伸ばした。

変装用に購入したウィッグ代は、果たして雑費なのか消耗品費なのか考えていると、目の前の卓上電話が鳴った。

固定電話にかかってくる用件は、仕事関係のものと決まっている。プライベートならば、涼子、貴山、それぞれの携帯が鳴るからだ。

一時でも気が乗らない作業から離れることができる——涼子は嬉々として受話器を上げた。

「はい、上水流エージェンシーです」

受話器の向こうから、慎重に話す男の声がした。

「あの、そちらはどのような依頼でも引き受けてくれると聞いたのですが……」

涼子は目の前にあるペン立てからボールペンを手にすると、メモ帳を手前に引き寄せた。

「お引き受けするかどうかは、ご依頼人とお会いして、詳しい内容をお聞きしてからとなっております。ちなみに、ここの連絡先はどこから？」

「荒川《あらかわ》産業の小峰《こみね》さん、と言えばおわかりでしょうか」

涼子は電話の内容を貴山に伝えるために、相手が口にした名前を復唱した。

「荒川産業の小峰さん。ええ、覚えていますよ」

貴山が涼子を見た。目が、覚えていると言っている。

小峰は一年前に事務所を訪れた男だ。歳は五十代後半。会社の同僚から使い込みの汚名を着せられ、涼子に泣きついてきた。自分の無実を証明し、警察沙汰にしないだけありがたく思え、と言われて支払われなかった退職金を、取り戻してほしい、との依頼だった。涼子と貴山は小峰の問題を解決し、報酬として退職金の四分の一を受け取った。

「あなたのお名前は？」

小峰と男の関係は聞かなかった。世の中、人間関係ほど厄介なものはない。知ってしまって、余計なことに首を突っ込む羽目になる場合もある。だから涼子は、問題解決に必要なこと以外の詮索はしないようにしている。

言われて男は名乗っていなかった非礼に気づいたらしく、慌てた様子で答えた。

「名前も言わず失礼しました。私は古矢信之《ふるやのぶゆき》といいます」

漢字を聞いて、メモに書き留める。

「実はとても困ったことが起きて……そのことがわかったのは昨日のことなんですが……。ああ、すみません。なにから話したらいいんだろう。私もなにがなにやらわからないんです」

とりとめのない話から、古矢がかなり混乱している様子が窺《うかが》える。

涼子は古矢を落ち着かせるために、必要以上にゆったりとした口調で伝えた。

「落ち着いてください、古矢さん。私はどのような依頼も、電話で内容をお聞きすることはありません。さきほども言ったように、ご本人と直接お会いして——」

涼子の話を、古矢の切羽詰まった声が遮った。

「では、これからそちらに行きます」

「これから?」

唐突な申し出に、涼子は思わず高い声をあげた。受話器の向こうからすぐさま返事が戻ってきた。

「いま、新宿駅にいます。タクシー乗り場のところです。小峰さんから、いまかけている電話番号と、事務所が新宿にあるということは教えてもらいました。ただ、詳しい住所は知りません。教えてもらえませんでした」

口づての紹介は、電話番号と所在区までだと、依頼人たちにはきつく言ってある。

この仕事は感謝されることと同じくらい、恨みを買う。事務所の在処を簡単に知られて、意趣返しをされてはかなわない。

「そちらの住所を教えてください。いまからタクシーで向かいます」

涼子は目の端で貴山を見た。電話のやり取りから、相手の要望を察したのだろう。貴山の表情が微かに険しくなる。

貴山は、作業を中断させられることを嫌う。それは、依頼の調査、コーヒーを淹れているとき、領収証の仕分けを問わずだ。

貴山の機嫌と目の前の作業から逃れられる誘惑を天秤にかけていると、釣り合っていた天秤が大きく傾くひと言を、古矢が言った。

「手付金として百万円、即金で支払います」

涼子は座っている椅子をぐるりと反転させて、貴山に背を向けた。

「古矢さん。あなたはいま大きな問題を抱えているようですが、実は大変ラッキーな方です。なぜなら、私にはいま、あなたとお会いする時間があるからです」

背中に貴山の針のような視線を感じながらも、涼子は話を続けた。

「小峰さんからどこまでお聞きかはわかりませんが、うちは小さな事務所です。働いているのは、私と貴山という者のふたりだけ。いつでもご依頼をお引き受けできるとは限りません。すべてはタイミングです。そういう意味では、間違いなくあなたはついています」

涼子は事務所の住所を伝えると、電話を切った。

椅子の向きを戻し、貴山を見る。

貴山は組んだ手に顎《あご》を載せて、涼子を責めるような目をしていた。

涼子は、弁解がましく説明した。

「手付金だけで百万よ。こんな美味しい話、断る理由ないでしょう」

涼子は目の前にある領収証を、両手を広げて示した。

「この作業は先延ばしにできる。でも、百万円はいましか手に入らない。ええ、この作業は、こんど仕事が途切れたときに、私も全力で手伝うわ。約束する」

涼子は貴山の意見を、目で問うた。

貴山の長所は多いが、切り替えが早いのも、そのひとつだった。貴山は諦めたように小さく息を吐くと、机の上の領収証をファイルケースのなかに片付けはじめた。

「古矢さん、ですか。おいくつぐらいの方だと思いますか」

涼子は古矢の声を思い出した。小声だが滑舌がよく、トーンが高かった。

「そうね。不惑は超えてなさそうね」

貴山は涼子の机の上にある領収証もファイルケースにしまうと、書棚に収めて、給湯室へ向かった。

「それならコーヒーにしましょう。この時間にカフェインを気にされる年齢ではなさそうですから」

涼子は壁にかかっている時計を見た。まもなく午後の二時になる。

貴山が給湯室に消えると、ほどなく、豆を挽《ひ》く音と香ばしいコーヒーの香りが漂ってきた。

古矢は、涼子が電話で感じたとおりの男だった。

年齢は三十代後半。弱々しい声からイメージした体格も、思っていたより長身だったことを除けば、線が細いところは一致していた。胸板が厚ければ、着ている革のライダースジャケットが似合うだろう。

事務所の応接ソファに座る古矢は、神経質そうに指先を絡ませながら、涼子と会ってから幾度目かになる深いため息を吐いた。

涼子はテーブルのコーヒーを古矢に勧めた。

「身内はあまり褒めないものですが、貴山が淹れる飲み物は自信をもってお勧めできます。外は寒かったでしょう。飲むと身体が温まります。気持ちも落ち着きますよ」

声をかけられた古矢は、我に返ったような目で涼子を見ると、勧められるままコーヒーを口にした。

味が好みだったのか、温かいものを口にしてほっとしたのか、険しかった古矢の表情がわずかに緩む。カップをソーサーに置くと、テーブルを挟んでソファに座っている涼子と貴山へ、交互に目をやった。

「突然のお願いを聞いてくださりありがとうございます。あなたが言ったように、私はまだ、運に見放されてはいないようです」

涼子は軽く首を傾げた。

「ええ、ここまでは。ここから先はどうでしょう。古矢さんのお力になれるかどうかは、まだわかりません」

古矢はライダースジャケットの内ポケットから封筒を取り出した。テーブルに置き、涼子の方へ押しやる。

「電話でお話しした、手付金です」

涼子は封筒を手に取り、中身を確かめた。

中には、帯封された一万円札が一束入っていた。

「確かに」

そのままテーブルに置く。出来るだけビジネスライクな口調で続けた。

「それでは、お話を伺いましょうか」

涼子は足を組むと、ソファの背もたれに身を預けた。

古矢は前にぐっと身を乗り出した。

「ある車を探し出してほしいんです」

古矢の話によると、車の行方がわからなくなったのは一昨日の夜。その車は、関西空港に着いた航空機で届いたある荷物を載せて、古矢がいる東京に向かった。しかし、到着予定の時刻になっても、車は待ち合わせの場所にこない。運転者に電話をかけても通じない。なにか問題が起きたのだと、古矢は察した。

「そのときに、前に小峰さんがふと漏らした話を思い出したんです。やり手の人物に、厄介な問題を解決してもらったって。急いで小峰さんへ連絡を取って、この事務所のことを教えてもらいました」

古矢は必死の形相で、涼子と貴山に訴えた。

「金なら払います。その手付金のほかに、依頼が解決したら即金で四百万」

身体に思わず力が入る。

古矢が畳みかけるように続けた。

「もし、それで足りないというなら上乗せも考えます。だから、車を探し出してください。お願いです。どうか――」

「ちょっと待ってください」

涼子は頭を冷やしながら、迫る古矢を片手で制した。

「これから先のお話を伺うのは、質問にお答えいただいてからにします」

「質問？」

涼子はもっとも重要な疑問を、ゆっくりと口にした。

「積み荷はなんですか」

古矢の顔が、それとわかるほど強張る。

涼子は古矢を見据えながら、毅然と言った。

「確かに私たちは、殺しと傷害以外の依頼は引き受けるスタンスでいます。でも、何事にも例外があります。もちろん、私たちにも」

「その、例外とは」

古矢の問いに、貴山が別な問いで返した。

「あなたが手にする予定だった荷物を運んできた航空会社と便名は」

古矢は少し間をおいて、言いづらそうに答えた。

「午後七時三十五分着のシンガポール航空、ＳＱ６５９便です」

国際線であることに、涼子は嫌な予感がした。

貴山も同じことを考えたらしく、わずかに眉根を寄せると、顔の前で長い指を組んだ。

「いま世界で、無差別テロが発生しています」

つい先日も、ロンドンで大量の爆弾を積んだ車が教会に突っ込み、大勢の死者が出た。

日本ではまだ大規模な無差別テロは発生していないが、世界の主要都市である東京で、いつ同じようなことが起きてもおかしくはない。警察は空、海ともに荷の持ち込み監視を強化し、国内に危険物が運び込まれないよう目を光らせている。

車一台見つけ出すだけで五百万円。場合によってはそれ以上になる。破格の報酬だ。

だが、車が積んでいる荷が、銃や武器、爆発物といったテロに関係するようなものだった場合、当然、涼子は断るつもりだった。多額の報酬は魅力だが、無差別殺人の片棒を担ぐつもりは毛頭ない。

貴山の言葉から、懸念を読み取ったのだろう。古矢は顔を真っ赤にして立ち上がった。

「それはありません！　あなた方が考えているようなものでは、絶対にない！」

あまりの声の大きさに、涼子は思わず身を引いた。

貴山は身じろぎもしない。冷静な声で訊ねる。

「では、荷はなんですか」

古矢は言葉に詰まった。

「それは……」

口ごもりながら、ソファにゆっくりと尻を戻す。

「それは言えません。問題がまったくないとは言えませんが、あなた方が思っているようなものではありません。それは誓って言えます」

クリスチャンなのか、仏教徒なのか。古矢がなにに誓うのかはわからないが、崖っぷちに追い詰められた様子から、嘘をついているとは思えなかった。

たしかに、まったく問題がない荷ならば、警察へ駈け込んでいるだろう。非合法を厭わずに問題を解決する事務所のドアを叩くことはない。ここに持ち込まれる依頼は、多かれ少なかれ曰くつきだ。

――どうする。

涼子は貴山に、目で意見を問うた。

ボスの意をくみ取った貴山は、探している車の車種と大きさを訊ねた。

古矢は車種と、一五〇〇ccのミニバン、色は白だと答えた。

一五〇〇ccといえば、小型自動車だ。大きさから考えて、多量の爆弾や銃器を運ぶには無理がある。それに、よく考えれば、多量の武器を国内に運び込むなら、組織が絡んでいるはずだ。個人で取引するとは思えない。テロに関わる危険物ではないという古矢の言葉を、信じてもいいようだ。

涼子は古矢の前にある、冷めたコーヒーを顎で指して、貴山に命じた。

「コーヒーが冷めたわ。新しいお飲み物を差し上げて」

涼子が二杯目の飲み物を勧めるということは、さらに踏み込んで話を聞く——依頼を引き受けるということだ。

貴山も異論はないのだろう。速やかにソファから立ち上がると、給湯室へ向かった。

古矢が狼狽《うろた》えながら、貴山の背に向かって言う。

「あの、お気遣いはありがたいのですが、それよりもこの依頼をお引き受けいただけるのかどうか、そちらのお答えを私はすぐに欲しいのですが……」

涼子は自分のカップに残っているコーヒーを飲みながら、小さく笑った。

「ご安心ください。あなたとの取引はいまの時点で成立しました。ご依頼、お引き受けします」

「本当ですか！」

古矢が目を見開いて叫ぶ。貴山が肩越しに振り返った。

「銘柄はノエル・ティーにしましょう。少し早いですが、この問題が速やかに解決することを祈って」

ほっとしたのだろう。古矢は脱力したようにソファにぐったりと身を預けた。

二

古矢が帰ったあと、涼子と貴山は依頼内容を整理した。

依頼は、ある車を探し出すこと。小型のミニバンで、ナンバーは不明。個人で所有しているものなのか、レンタカーなのかもわからないという。

車を運転していた人物の名前は、織田洋一《おだよういち》。古矢は本名であると思っているようだったが、涼子は偽名であることも念頭に置いていた。表沙汰にできない取引に、本名を使うことのほうがめずらしいからだ。ふたりは、旧知の人物を通じて知り合ったという。

今回の依頼について、涼子が古矢から仕入れた情報は、織田が都内に住んでいることと、織田の携帯番号だけだった。

どちらも意味はない。

住居は都内というだけで、詳細な住所を古矢は知らなかった。携帯も、取引人である古矢からの連絡に出ないのだ。涼子がかける発信者不明の電話を受けるはずがない。実際、古矢が帰ったあとに、一応電話をしてみたが、案の定、繋がらなかった。

要は、車ごといなくなった織田という人物に関して、なにもわからないということだ。

涼子はお手上げというように万歳をすると、そのままソファに沈み込んだ。

「まいった。これだけ情報がない依頼ははじめてじゃないかしら。どこから手をつけていいのかわからない」

テーブルの上のカップを片付けながら、貴山は淡々とした口調で言う。

「依頼を引き受けると決めたのは、あなたです」

非難ともとれる言葉に、涼子はむっとして貴山を睨んだ。

「そんなことわかってるわよ。依頼を受けるか受けないかは私が決めて、助手のあなたが協力する。いつものことじゃない。とにかく――」

涼子は、カップを載せたトレイを手に給湯室へ行こうとする貴山の袖をつかんだ。

「片付けはあと。そこに座って。この依頼についての相談が先よ」

貴山は降参したように肩を竦めると、古矢が座っていた場所に腰を下ろした。

テーブルの向こうにいる貴山に、涼子は訊ねた。

「古矢さんが最後まで言わなかった積み荷、なんだと思う？」

貴山は間を置かずに答えた。

「真っ先に頭にうかんだのは麻薬ですね。ヘロイン、コカイン、大麻。手荷物検査をすり抜けた薬物を、運び屋――今回に関しては織田が、なにかしらの事情で持ち逃げした、そう考えました」

「もっといい取引相手が見つかって、急遽、買い手を変更したとか？」

涼子の補足を、貴山は否定した。

「一瞬、そう思いましたが、その推測はすぐに打ち消しました」

涼子は貴山の意見に同意した。

「関空から東京まで、およそ五百三十キロ。ノンストップで六時間かかるわ。仮に麻薬だとしたら、いくら大量に密輸したとしても、アタッシェケース一個くらいの大きさよ。それだけの物量のものを運ぶのに、長距離向きじゃないミニバンを持ち出す必要はないわ」

「同感です。それに、万が一、検問に引っかかった場合を考えると、セダンの方がいい。ミニバンだと車内やトランクルームが丸見えですからね。セダンならトランクやシートの下に隠しやすい」

一度は頭で消去した推測を、貴山にぶつける。

「銃器や小型爆弾の線はどう思う?」

「それもありませんね」

貴山は即答した。

拳銃や小型爆弾を密輸する手口は、オーソドックスな方法として、厚めの書籍のなかをくりぬいて隠すとか、あらかた分解して電化製品のなかに紛れ込ませるといったケースがある。そのどちらも、国内に一度に持ち込める数は限られる。となると麻薬と同じ理由で、ミニバンを使う必要はない。

仮に、大量の武器を密輸する場合は、まず組織が絡んでいるとみて間違いはない。そうなれば、組織内で問題ごとを解決するだろう。個人的に涼子のところへやってくるはずはない、というのが貴山の見解だった。

涼子は頭の後ろで両手を組んで、天井を見上げた。

「大陸から密輸されるもので、麻薬、武器じゃないとしたら、あとは……」

涼子は考えられるケースを想定してみた。

盗品の絵画や宝石——あり得ない。

ミニバンを使う必要性がまったくないからだ。

象牙や高価な陶磁器類――あり得る。

だが、飛行機を使う理由がない。腐るものでなし、運ぶなら空より海だろう。

部屋を沈黙が支配する。

貴山も頭脳をフル回転させているようだ。

十分後、ある考えが、涼子の頭をよぎった。

はっとして貴山を見る。

視線がぶつかった。貴山は怖いくらい鋭い目をしていた。涼子が思いつくと同時に、貴山も気づいたようだ。

貴山は、涼子を見ながらつぶやく。

「レッドリスト」

レッドリストとは、ＩＵＣＮ――国際自然保護連合が作成した絶滅のおそれのある野生生物のリストで、リストに記載されている国際保護動物は、国際的に保護活動を強化する必要があるとされている。しかし、希少ゆえにその価値は高く、密猟が絶えない。生きたまま、もしくは剝製にされて、秘密裏に高値で売買されている。

「私も――」

そう思う、と言いかけた涼子は、ある疑問が頭に浮かび首を振った。

貴山は厳しい顔で、ソファから立ち上がった。自分の机に座り、パソコンを開く。慌ただしくキーボードを叩く姿から、レッドリストの線で調べはじめたのだとわかる。

その作業を涼子は止めた。

「待って。その線は物理的にあり得ないわ」

貴山がパソコンから顔をあげて、眉根を寄せる。

「そう思う理由は？」

涼子は体の向きを変え、貴山を見た。

「密猟されてきた希少動物が、鳥類なのか爬虫《はちゅう》類なのか、哺乳《ほにゅう》類なのかはわからない。でも、小型の生き物であることは確かよ。豹やトラのような大型の生き物なんか密輸できないもの」

「もちろんです」

貴山の答えを受けて、涼子は言葉を続けた。

「いくら一体の大きさが小さくても、それを入れる檻は、ある程度の大きさが必要よ。小さめの鳥かごくらいだとしても、失踪したミニバンに積める数はせいぜい二十くらいでしょう」

涼子は貴山の上着を顎で指した。

「今回の依頼の手付金は、百万円」

貴山は手付金が入っている自分の胸元を、ちらりと見た。

「依頼を解決すれば、さらに四百万円。場合によってはそれ以上の報酬よ。密輸した数を二十体だと仮定して、私たちへの支払いに五百万円。そこに自分の利益を加えたら、一体、最低でも三十万円で取引しないと割に合わない。そんな希少動物を、数多く密輸できるはずないわ」

涼子はソファから立ち上がると、貴山の机に向かった。貴山と向き合う形で、立ったまま机に両手をつく。

「一体の金額がそれ以下だとしたら、もっと多く密輸しないといけない。でもそれでは、失踪した車の大きさで運ぶのは無理。せめて二トントラックくらいないと不可能よ」

貴山は上から見下ろす涼子を、下から睨みつけた。

「理由はそれだけですか」

一ミリの疵《きず》もない主張だと思っていた涼子は、思いがけない反論に驚いた。

「それだけって、私がいま言った理由だけでは納得できないっていうの」

貴山はパソコンに目を戻すと、再びキーボードを叩きはじめた。

「あなたは現実を知らない」

いつにない貴山の強い姿勢に、涼子はたじろいだ。

貴山は仕事における自分の立ち位置を、しっかりと認識している。自分の雇い主である涼子の後ろに立ち、依頼を自分が解決に導いたときですら、でしゃばるような真似はしない。まして、涼子に憤りをぶつけることは滅多にない。

いつもと違う貴山に、どう言葉を返していいか戸惑っていると、貴山の手が止まった。険しかった目がさらに鋭くなる。

貴山が壊れるくらいの勢いでエンターキーを押すと、部屋の隅に置いてあるプリンターが紙を吐き出した。

「いま出した用紙、取ってきてもらえますか」

言葉では頼んでいるが、口調は命令そのものだった。

貴山の変貌に茫然としていた涼子は我に返ると、急いでプリンターから印刷された用紙を持ってきた。

Ａ４の紙には、リストのようなものが印刷されていた。個人の氏名、都道府県名、携帯番号があり、それぞれはアルファベットでＡからＥのランク付けがされていた。貴山がいうには、ランクはＡから順に、信頼度の高さを表しているのだという。北は北海道から南は沖縄まで、ざっと三十人あまりの名前が連なっていた。

「これはなに？」

貴山は上着のポケットから手付金が入った封筒を取り出し、自分の机の引き出しに備え付けてある簡易金庫のなかに入れた。

「国際保護動物の密輸を扱っている者たちです」

「こんなものが出回っているの？」

貴山は椅子から立ち上がり、部屋の壁に向かった。

「密輸関係――特に個人で取引しやすい国際保護動物の売買は、独自のネットワークがあるんです。いま私がパソコンで開いていたページは、売買情報を公開しているサイトです。もちろん、いくつものパスワードを知っている限られた者しか閲覧できません」

貴山は壁にかけてあるチェスターコートに手を伸ばしながら、話を続ける。

「コウジに会ってきます」

涼子の脳裏に、渋谷のチーマー崩れの男が浮かぶ。以前、別な依頼で使った人間だ。渋谷の裏界隈では名が知れた人物で、まだ若いがきな臭い情報を多く握っている。

貴山はコートを手早く羽織り、ドアを開けた。

「遅くても、今日中には戻ります」

そう言い残し、貴山は事務所を出ていった。


事務所に貴山が戻ってきたのは、あと十分で日付が変わるころだった。

そわそわしながら待っていた涼子は、貴山が事務所のドアを開けて入ってくると同時に、座っていたソファから立ち上がった。

「どうだった?」

感情を表に出さない貴山にはめずらしく、疲れた表情をしていた。しかし、それ以上に貴山の全身から涼子が感じたものは、怒りだった。

貴山はコートも脱がずに給湯室へ行った。蛇口を捻る音がして、水を飲んでいる気配がした。

給湯室から戻った貴山は、涼子の向かいのソファに座ると、コートの内ポケットから写真を取り出してテーブルに置いた。

三枚の写真を涼子はまじまじと眺める。

そこにはひとりの若い男が写っていた。一枚は顔写真。キャップを深く被り、どこか遠くを見ている。もう一枚はジーンズにジャンパーという軽装で、商店街のようなところを歩いている姿だ。全身からにじみ出ている空気からは、勤め人という感じはしない。自由気ままな遊び人という風情だ。

三枚目の写真は、ある建物の外観だった。

広い敷地のなかに工場と思しき建物があり、その手前に「株式会社大曽我《おおそが》製作所」と書かれた看板が掲げられている。

涼子はその写真を、貴山にかざした。

「これはなに？」

貴山はソファのうえで、コートを脱いだ。

「本社を東京の江戸川《えどがわ》区に持つ会社です」

貴山の報告によると、大曽我製作所は昭和六十年に資本金一千万円で設立された企業で、東京本社のほかに、神奈川と大阪に工場を持っているという。

「いまの社長は二代目で、五年前に先代である大曽我啓二《けいじ》が他界して、長男が引き継ぎました」

涼子は写真をテーブルに戻すと、腕を組んだ。

「今回の依頼とこの会社が、なにか関係があるの」

涼子の問いに答える前に、貴山は男が写っている二枚の写真を手にした。

「この男は、大曽我製作所の二代目の大曽我祐介《ゆうすけ》。そして――」

貴山は苦々しい顔で、手にしている写真を指で弾いた。

「古矢が探している織田洋一です」

涼子は勢いよくソファから立ち上がった。自分の机に行き、今日の午後、貴山が印刷した国際保護動物の密輸を扱っている人名リストを手にする。そのなかに、祐介の名前があった。住居は東京になっている。リストに記載されている携帯番号は、古矢が知っていたものとは違っていた。古矢に教えた番号は、今回の取引のためだけに契約した使い捨てのものだろう。

祐介についているランクはA。かなり多くの取引をしてきたのだろう。そしてその売買は、かなりの確率で成立しているらしい。

貴山は吐き捨てるように言う。

「車と女と遊びが大好きで、ろくに仕事なんかしない。実質会社を経営しているのは先代の弟で、祐介の叔父にあたる専務です。泣かされた女は数知れず。なんの苦労も無く、親の庇護のもとわがままに育ったお坊ちゃんの典型です」

古矢が探している男の素性がわかったところまではいい。国際保護動物の密輸ネットワークに名前があるのだから、今回、古矢が祐介から受け取るはずだった荷は、ほぼ国際保護動物で確定だ。

だが、やはり涼子の頭のなかには、払拭しきれないひとつの疑問があった。

物理的な問題だ。

どう考えても、ミニバンに積める檻の数と、涼子たちへの支払いの額が見合わない。

涼子の疑問を感じ取ったのだろう。貴山は開いた足に両肘を載せると、厳しい目で涼子を見た。

「大曽我製作所は、なんの会社だと思いますか」

なんの情報もないまま訊ねられても、見当がつかない。涼子は答えを急《せ》かした。

「早く教えなさいよ」

貴山の目に、怒りの色が強く浮かんだ。

「プラスチック成形加工です。飲料水や化粧品などを入れる、プラスチック容器を作っているんです」

涼子はますますわからなくなった。プラスチック成形加工をしている企業が、レッドリストの密輸とどう絡んでいるというのか。

涼子がそう訊ねようとしたとき、貴山の携帯が胸元で鳴った。

画面で発信者を確認した貴山が、涼子を見た。

「コウジです」

貴山が電話に出る。

「俺だ。ああ、例の件、わかったか」

貴山の受け答えから、大曽我に関してコウジに調べを頼んでいたことが窺えた。貴山はテーブルに置いてあるメモ帳とペンを引き寄せると、紙にさらさらとなにかを書き留めた。

ペンをテーブルに置くと、貴山は話をまとめた。

「残りの支払いは、一週間後、今日と同じ時刻と場所で。ああ、またなにかあったら頼む」

貴山は電話を切ると、ソファから立ち上がり自分の机に向かった。

「大曽我の住居がわかりました。これから準備に取り掛かります」

状況がまったくつかめない涼子は、貴山に食ってかかった。

「ちょっと。ひとりで納得してないで、私にわかるように説明してよ」

椅子に腰を下ろしながら、貴山はすげなく言う。

「それはあとです。事は一刻を争います。あなたはいつでも動けるように、身支度をしておいてください」

貴山はパソコンを開くと、一心不乱にキーボードを叩きはじめた。ＩＱ一四〇の貴山の集中力は並大抵ではない。貴山があることに傾注したら、非常ベルが鳴ろうが、このビルに車が突っ込もうが、耳になにも入らなくなる。説得しようとするだけ、労力の無駄だ。

貴山から事情を聞くことを諦めて、涼子は自分の身支度をはじめた。

三

大曽我はリビングの窓のそばに立ち、外を眺めた。

高層マンションの上階からは、都内の夜景が見える。

大曽我は、腕につけているロレックスの時計に目を移した。七時半。約束の八時まで三十分ある。

大曽我は窓から離れると、リビングを横切り、奥の部屋へ向かった。

このマンションの部屋を購入したのは、五年前だった。十二畳のリビングと、対面式の四畳ほどのキッチン、ほかに十二畳ほどの部屋が三つある。すべての部屋に、エアコンを設置していた。リビング以外の三部屋には、加湿器も置いている。温度と湿度に細心の注意を払っていた。もちろん、防音対策も万全だ。

大曽我は一室のドアを開けて、なかへ入った。

壁に掛かっている、温度計と湿度計が一体になった計器を確認する。問題ない。

突然、甲高い鳴き声と羽音がした。

大曽我は部屋のなかを見渡した。

部屋には、いくつものケージがあった。なかに、大小さまざまな鳥がいる。

大曽我は一番手前にあるケージに近づくと、なかの鳥をうっとりと眺めた。

中型のケージのなかには、頭頂から胸にかけて鮮やかな赤、背から風切羽は目のさめるような緑色のインコがいた。

和名はキフジンインコ。ヒインコ科に属するインコで、ソロモン諸島などに棲息している。まさに「森の貴婦人」と呼ぶにふさわしい鳥だ。

大曽我はほかのケージを見渡した。室内に置かれた大小さまざまなケージには、キフジンインコに負けないほど美しい鳥たちがいた。オナガダルマインコ、ムスメインコなど、すべてレッドリストにあげられている国際保護動物だ。

別なふたつの部屋には、爬虫類や齧歯《げっし》類などの生き物たちがいる。三つの部屋は、そこに置いている生き物たちが棲息している気候の温度と湿度に合わせていた。

大曽我の手元にいる生き物たちをすべて数えると、五十体はいる。すべてが国際保護動物、もしくは入手が困難な希少種で、一部のマニアが金に糸目をつけずに欲しがる生き物たちだった。

大曽我は、止まり木につかまり左右に身体を揺らしているインコに目元を緩めた。それはインコの美しさ故ではない。この一羽が百万円、場合によってはそれ以上の金に化けるからだった。

大曽我が動物の密輸に手を出したのは、七年前だった。

女とオーストラリアに旅行したとき、現地の店からゴクラクインコの剝製の購入を勧められた。

ゴクラクインコがかつてレッドリストに載っていた鳥で、ワシントン条約でたとえ剝製であっても国内への持ち込みは禁止されていると、大曽我は知っていた。

持ち込めない品を購入などしない。そう言って立ち去ろうとした大曽我を、店主である現地の者は引き留めた。ブランド品で固めた大曽我の身なりから、金を持っている客だとわかったのだろう。もしくは、なにかの事情ですぐに金が必要だったのかもしれない。店主は、うまく日本に持ち込めれば買った値段の三倍で売れる、密輸の方法も教えてやる、と大曽我の耳元で囁《ささや》いた。

大曽我は考えた。帰国の際に手荷物検査で見つかっても、初犯ならば罰金程度で済むはずだ。それより、うまく密輸できればあぶく銭が手に入る。大曽我にとっては、ちょっとしたギャンブルをするような感覚だった。

店主から教えてもらったとおり、現地で安物のチェロを購入し、側板を剝がして、なかの空洞に剝製を入れた。

ギャンブルは大曽我が勝った。

うまく手荷物検査をすり抜け、剝製を国内に持ち込めた。

希少な動物が好きなマニアを探し出し、そいつに売りつけた。儲けは、現地で購入した額の四倍だった。それが、大曽我が国際保護動物の密輸に手を出したはじまりだった。

この七年のあいだに、独自の密輸方法を発見し、以前より効率よく売買できるようになった。扱う品も、剝製よりも儲けが大きい生きた希少種へと変えた。いまでは裏で知らない者はいないブローカーだ。年間三千万、多いときはその倍の利益を得ている。

大曽我はキフジンインコが入っているケージを、ゆっくりと撫でた。

この見事なインコたちは、古矢という男に売るつもりで仕入れた。

だが、途中で状況が変わった。目の前にいるインコたちは、馬場《ばば》という男へ売ることになった。

馬場は大曽我と同じブローカーで、付き合いは長い。その馬場が、急遽、オウムやインコといった鳥類が必要になったのだ。

馬場は携帯に出た大曽我に切羽詰まった声で、なんとか融通してくれ、と頼んできた。馬場の上客が、数日中に欲しがっているのだという。

大曽我には、馬場の頼みを断れない借りがあった。

二年前、大曽我はアンデスネコの取引をした。客は大手企業の会長だった。

現地の密猟者とコンタクトを取り、確実に手に入る算段をつけた。一頭、三百万円という高額な売買だ。大曽我にとってはどうしても成立させたい仕事だった。

現地の飛行機に搭乗したところまでは予定どおりだったが、移動中の機内でアンデスネコは死んだ。原因はわからない。気圧の問題かもしれないし、身動きが取れないほどの狭い空間に押し込んでいたからかもしれない。

密輸した動物が途中で死んでしまうことはめずらしくない。むしろ、大半は屍となって大曽我の手元にやってくる。密輸入者にとってそれは、想定内のことで、密輸した動物の三分の一が生きていれば御の字だ。そのケースを見越して、現地からいつも多めに買い付ける。

だが、アンデスネコだけは違った。予定では三頭手に入るはずだったのに、現地のハンターが一頭しか捕獲できなかったのだ。

その貴重な一頭が、機内で死んだ。

どの仕事もそうだが、ブローカーも信用が大事な商売だ。アンデスネコを欲しがっていた大手企業の会長は、はじめて取引をする相手だった。ここで、手に入らなかった、と言ってしまったら、会長は二度と大曽我に声をかけない。一頭に三百万も出す上客を、大曽我はみすみす逃したくはなかった。

なんとかアンデスネコを入手すべく、自分が持っているルートを使って探しているときに、馬場と知り合った。

馬場は北海道を拠点に商売をしているブローカーで、幸運にも三日前にアンデスネコを一頭仕入れたという。

大曽我は馬場に頼み込んで、そのアンデスネコを四百万円で売ってもらった。

その一件だけを考えれば、大曽我が損をする売買だった。しかし、その会長とはその後幾度となく取引をしている。先日も、カンムリシロムクの売買をした。トータルすれば、大曽我は会長からかなりの額を儲けている。つくづく、アンデスネコを馬場から手に入れられたことは幸運だったと思う。

この商売は客との取引も重要だが、ブローカー同士持ちつ持たれつでなければやっていけない。アンデスネコの件で馬場から助けてもらった大曽我は、今回、馬場を助けなければ、ブローカーの仲間内から爪弾きにされ、いざ生き物の融通が必要になったときに潰れてしまう。

大曽我は馬場を助けることにした。

空港の手荷物検査をすり抜けたインコたちを、自分が所有しているミニバンで古矢のもとへ運ぶ予定だったが、古矢のもとへは行かず、自分のマンションへ運び込んだ。

結果として古矢を裏切ることになった。

古矢はいい客だった。金払いがよく、定期的に取引を持ち掛けてくる。安心できる商売相手を失うことは痛かったが、致し方ない。客は古矢以外にもいるが、ブローカー同士の繋がりを失ってしまったら、この商売はやっていけない。

大曽我はこの商売から手を引くつもりはなかった。こんな美味しい商いを覚えたら、まともに働くことが馬鹿らしく思えてくる。朝から晩まで働いてもできる贅沢といえば、年に一度の旅行か、手頃な車を買うくらいが関の山だ。だが、この商売は違う。月に一度か二度の取引で、いい車を乗り回し、美味いものを食べ、いい女が抱ける。危険はつきまとうが、見返りの贅沢を考えれば、この仕事はやめられない。

大曽我の思考を、キフジンインコの甲高い声が遮った。と同時に、玄関のチャイムが鳴った。腕時計を見る。八時ちょうどだった。

大曽我は部屋を出ると、リビングへ向かった。

壁に取り付けられているインターホンのカメラボタンを押す。

画面には、女が映っていた。夜なのにサングラスをかけている。整った眉と通った鼻筋、形のいい唇、カメラ越しにもわかる佇まいの良さから、上質な女であることが窺える。

女の後ろには、男がいた。背が高く、スタイルがいい。一歩引いて控えめに立っている姿は、女優の付き人を思わせた。

今夜八時に、取引の相手がマンションを訪ねてくる予定だった。念のために訊ねる。

「どちらさまですか」

女が艶っぽい声で答える。

「緑川《みどりかわ》エンタープライズの設楽《したら》です」

間違いない。取引の相手だ。

大曽我はオートロックの解錠ボタンを押して、錠を開けた。

「どうぞ」

玄関に行き、ドアを開け、外にいる女に声をかける。

「どうも」

女はサングラスを外して、妖艶に微笑んだ。

「大曽我さん、ですね。よろしく」

声と同じくらい、いい女だ。

「そちらは？」

大曽我は、女の後ろにいる男を顎で指した。

女が答える。

「この男は秘書の水澤《みずさわ》です。私だけでは荷物を運べないから、連れてきました。信用できる者ですからご心配なく」

女は緑川エンタープライズというイベント会社の社長だ。秘書がいて当然だ。

大曽我はふたりを部屋のなかへ招き入れた。

リビングへ通すと、自分はキッチンに立ち、女に訊ねた。

「なにがいいですか？」

ノンアルコール、ビール、ワイン、日本酒、ここにくる客のために、常にひと通りの飲み物は用意していた。

女は首を振った。

「私、時間は有効に使いたいの。例のもの、見せてくださる？」

大曽我は肩を竦めて、奥の部屋へ向かった。

キフジンインコたちがいる部屋のドアを開け放つ。

大曽我は部屋のなかがよく見えるように身体をずらし、後ろにいるふたりを振り返った。

「どうです。美しいでしょう」

女は、今日はじめて取引をする相手だった。馬場の紹介だった。

今日、馬場から再び電話があり、融通してもらった鳥たちだがそっちでさばいてほしい、と言ってきた。

馬場の話によると、あるルートを通じてある客と知り合った。客はイベント会社の女社長で、めずらしい鳥に目がない。なかなか手に入らない希少な鳥はないか、と言われて、数日中に自分の手元にくる、と伝えていたのだが、いますぐ見たい、と言い出した。気に入ったら、その場で購入したいと言っているという。

お前の商売をこっちが貰っていいのか、と訊ねると馬場は問題ない、と答えた。もとはお前の商い物だったのに、自分が横から割って入ったのだ。遠慮することはない。女社長からは、大曽我への紹介料としてすでにまとまった金をもらっている、という。

馬場の言うとおり、本来は自分の商品だったのだ。気兼ねする必要はない。

ここの住所と、夜八時に来るよう伝えてくれ、と言って、大曽我は電話を切った。

女は部屋に入ると、ケージのなかの鳥たちをしげしげと眺め、感心したような息を漏らした。

「美しいわ。こんなめずらしい鳥たちをたくさんお持ちなんて、よほどいいルートがあるのね」

大曽我は答えをはぐらかした。

「お気に召した鳥はいましたか？」

女は自分の後ろにいる秘書を、肩越しに振り返った。

「あなたはどう？」

秘書の男は、ひどく冷たい声で答えた。

「ええ、すべて気に入りました」

女は大曽我に顔を戻すと、静かだが強さを感じる口調で言った。

「じゃあ、ここにあるもの、すべていただくわ」

大曽我は仰天した。

この部屋にいる鳥たちは、全部で十八羽。ざっと計算しても三千万円はくだらない。戸惑いながら、それとなく売買の相場を伝える。

「すべて、と言うとかなりの額になります。私が言うかなりとは、百万単位ではなく、その上の桁です」

女は涼しい顔で即答する。

「ええ、こちらもそのつもりよ」

大曽我は思わず口を開けた。

馬場は取引が成立した場合、客はその場で金を払うと言っていた。何千万の金を、いますぐに用意できるというのか。いくらめずらしい鳥が好きだとはいえ、十八羽——もし、すでに女が別な鳥を飼っているとしたら、それ以上の鳥を飼うのは容易ではない。イベント会社の社長という肩書だがその仕事だけで、今回の購入費と鳥たちの維持費を工面できるとは思えない。一体、この女は何者なのか。

顔色から大曽我の疑念を察したのか、女はくすっと笑った。

「私、仕事柄、お友達がたくさんいるの。そのなかに、この部屋にいるようなめずらしい動物が好きな方がいるのよ。その方々にお譲りしているの。ええ、もちろん相手はお友達ですから、私が得をするような真似はしません。あなたの仕事の迷惑になるようなことはしないから安心して」

なるほど、それなら一度に多くの動物を買うのも肯《うなず》ける。

大曽我は舌なめずりをした。客の事情などどうでもいい。こっちは金が入ればいいのだ。

値切られることを覚悟で、思い切って上乗せする。

「この部屋にいるすべての鳥の値段、五千万円」

ごねるようだったら、四千万円までは譲歩するつもりだった。だが、女は躊躇するそぶりも見せず、秘書に命じた。

「水澤、五千万円用意して」

大曽我は心のなかで飛び跳ねた。

今夜一晩で、五千万円が手に入る。七年間、この仕事をしてきたが、こんなにでかく美味い取引ははじめてだ。こみ上げてくる笑いを抑えるのに必死だった。

命じられた水澤は、携帯を上着の内ポケットから取り出すと、どこかへ電話をかけた。

「はい、私です。ええ、たったいま、五千万円で取引が成立しました。はい、お待ちしています」

電話を切った水澤は、大曽我を見た。

「電話の相手がここへきます。いますぐ」

強調するように言った、いますぐ、という言葉が気になり、大曽我は聞き返した。

「いますぐ？」

水澤は射るような目で答える。

「ええ、いますぐ――」

大曽我は嫌な予感がした。

取引の場に、予定していない闖入者《ちんにゅうしゃ》が入り込んでくることも嫌だったが、それ以上に、危ない橋を渡ってきた大曽我の第六感が、警鐘を鳴らしていた。

――マズイ。

大曽我はこの売買を取りやめようとした。

「ちょっと待ってくれ。悪いがこの話はなかったことに……」

そこまで言ったとき、玄関のチャイムが鳴った。

大曽我は驚いて、玄関のほうを見やった。水澤が電話を切ってから、一分ほどしか経っていない。いますぐ、とはいえ、こんなに早いなんておかしい。

動けずにいる大曽我の目の前で、水澤が玄関に向かって駆けだした。

「おい、待て！」

慌てて後を追う。水澤は止まらない。リビングを駆け抜け、玄関のドアを内側から開けた。

追いついた大曽我は、後ろから水澤の肩を強く摑《つか》んだ。

「待てって言ってるだろう。人の家でなに勝手な真似をしてやがる！」

水澤をなかに引き入れ、ドアを閉めようとした。

玄関とドアの隙間に、革靴のつま先がすばやく滑り込む。ぎょっとしてその足元から目をあげる。閉めようとしているドアを、ごつい手が摑んでいた。

「はいはい、突然すみませんね」

こじ開けられたドアの外には、むさくるしい中年の男がいた。よれたネクタイを締めて、くたびれたコートを羽織っている。

「誰だよ、あんた」

精一杯、虚勢を張る。

大曽我の後ろから、女の声がした。

「ご苦労様、丹波《たんば》刑事」

大曽我は自分の耳を疑った。

「刑事？」

後ろを振り返ると、女が腕を組んで斜に構えて大曽我を見据えていた。

「はいはい、お邪魔しますよ」

丹波と呼ばれた刑事は、靴を脱ぐとずかずかとなかに入ってきた。そのあとから、ふたりの男が入ってくる。丹波より若いところを見ると、部下のようだ。

丹波は女の隣に立って訊ねた。

「どこだ」

女がリビングの奥を顎で指す。

一体なにがどうなっているのか。

呆然としている大曽我をよそに、丹波とふたりの部下、そして女と水澤が奥の部屋へ歩いていく。

我に返りあとを追うと、丹波は鳥たちがいる部屋に入っていた。

丹波は感心したような顔で、部屋のなかを見渡した。

「見たこともねえのが、たくさんいるなあ」

別なふたつの部屋から、部下たちの声がする。

「こっちにもいます」

「ここにも、たくさんの動物がいます」

どうすることもできずに立ち尽くしていると、丹波は大曽我を身体で押しのけて別な部屋に向かった。

丹波は、なかへ入ると、ゴールデンモンキーが入っているケージを覗き込み、感嘆の息を漏らした。

「鳥、猿、ネズミ。こっちはなんだ、リスか。こりゃあ、ちょっとした動物園だな。うちの坊主が見たら喜ぶだろうなあ」

大曽我はやっとのことで、声を絞り出した。

「なんだよ、なにがどうなってんだよ！」

背後に人の気配がして、大曽我は勢いよく振り返った。

すぐ前に、女が立っていた。

「大曽我祐介。プラスチック容器製造会社、大曽我製作所の二代目社長。そして、国際保護動物を密輸している犯罪者」

こちらのことはすべて調べられている。

大曽我は後ろに退《しりぞ》きながら訊ねた。

「あんた……誰だよ」

「私は上水流涼子。上水流エージェンシーの経営者よ。水澤と名乗った男は貴山。私の助手よ」

「上水流エージェンシー？」

聞いたことがない名前だ。

「まあ、わかりやすく言えば、何でも屋ね。殺しと傷害以外の依頼は引き受けるわ」

涼子は大曽我が後ろに退いた分、詰め寄った。

「古矢って男、知ってるわよね。あなたが今回の取引をバックレた男。私は古矢から、行方がわからなくなった車を探してくれって依頼を受けたの」

「古矢が……」

涼子の後ろから、貴山が言葉を続けた。

「消えたミニバンの積み荷が、希少動物ではないかという結論にたどり着くまで、そう時間はかからなかった。すぐに、私が持っている情報網を通じて、国際保護動物を密輸しているブローカーのリストを手に入れました。そのなかから、ミニバンを所有している人物をあたったんです。ええ、移動に使われた車が、本人が所有していることはわかっていました。動物は獣特有の臭いがある。レンタカーや人から借りては、いずれその臭いから密輸がばれないとも限りませんからね。そして、古矢が言っていたミニバンの特徴と酷似している車を所有していたのがあなたでした」

混乱する頭で、大曽我は考えた。今回の取引は、馬場が噛んでいる。一体馬場は、今回の売買についてどこまで知っているのか。

「馬場は……」

そう言っただけで、涼子は大曽我がなにを言わんとしているのか察したようだ。涼子の顔に、勝ち誇ったような笑みが浮かぶ。

「ああ、馬場知彦《ともひこ》ね。彼には気の毒なことをしたわ。手に入れたリストから、あなたと取引をしている馬場を突き止めたんだけど、彼に、大曽我を捕らえるために協力するならば、あなたがしていることは見逃すって言ったの。人間、誰もが自分が一番可愛いのね。馬場は私を信じて、迷うことなくあなたのことを売ったわ。もっとも、私は最初から犯罪者を見逃すつもりはなかったけどね。いまごろ馬場も古矢も、所轄の留置場で愚かな我が身を呪っているわ」

――嵌《は》められた。

すべてを理解した大曽我は、怒りに震えた。

「お前ら、騙《だま》したな！」

目の前にいる涼子に摑みかかろうとする。

それより早く、貴山の手が伸び、大曽我の腕を摑んだ。

強く引き寄せられて、腹に強烈な一発を食らう。たまらず、その場に膝をつき嘔吐した。

すぐには立ち上がれなかった。

貴山は抵抗できない大曽我を無理やり立ち上がらせると、横っ面を拳で殴りつけた。

顔から横に吹っ飛ぶ。

壁に向かって倒れこみ、そこに積んでいたケージが崩れた。

なかにいる猿が、金切り声をあげる。

平衡感覚がなくなり、意識が遠のいた。頭蓋骨のなかで、脳が激しく揺れているのが自分でもわかる。たった二発食らっただけなのに、もう立てない。

攻撃は止まらない。

顔、腹、足、身体のいたるところに、貴山の靴がめり込んでくる。

慌てて止める涼子の声がした。

「ちょっと貴山、やりすぎよ！」

丹波という刑事の声もする。

「その辺でやめとけ。それ以上やると、こいつの怪我が逮捕時に抵抗してできたものでは通らなくなる」

立ち上がれない相手をサンドバッグにしておいて、なにが逮捕時に抵抗してできたものだ。

上がらない瞼《まぶた》をようやく開けると、わずかな隙間から貴山が見えた。中年の刑事に肩を摑まれている。貴山はその手を乱暴に振り払うと、ふたりに背を向けた。

涼子が言う。

「まあ、このぐらい痛めつけたくなる貴山の気持ちもわかるけどね」

涼子は床に倒れている大曽我のそばにしゃがんだ。

いつもなら女の美しい脚に見とれるところだが、全身激痛に襲われているこんな状況ではそんな余裕はない。

涼子が大曽我を見下ろしながら言う。

「あんた、自分の会社が作っている製品を利用して、ずいぶんひどいことしてたのね」

丹波が眉間に皺《しわ》を寄せながら、大曽我を睨みつける。

「底をくり抜いたペットボトルの容器に、鳥を頭から突っ込んで運んでたんだってなあ。それほどぎゅうぎゅう詰めにすれば、一回の密輸で大量に運び込めるだろうよ。だが、そのうちの半分は死んじまう。まったく残酷な話だ」

大曽我は血の味がする唾を呑み込んだ。

丹波の言うとおり、自分は自由に手に入る未使用のペットボトルを利用して、動物をそのなかに詰め込み密輸していた。ときには、数体しか生き残れない。爪ひとつ、羽ひとつ動かせない動物たちの大半は輸送中に死んでしまう。それでも利益がでるほど、希少種は高値で売れた。

涼子は立ち上がると、部屋のなかを見回した。

「この子たちはどうするの？」

丹波が答える。

「運よく生き残ったこいつらのことは心配するな。然るべき方法で野生に戻すか動物園に託すか、それが無理ならちゃんとした飼い主を探す。生活環境課がきっちりするさ」

「希少動物をペットとして飼えるの？」

丹波が肯く。

「正当な理由に基づいて登録を受けたものは、ペットとして飼えるのもいるんだと」

ふたりに背を向けたまま、貴山がぽつりとつぶやいた。

「生き物のなかで、一番醜いのは人間です」

ふたりが貴山を見る。貴山は誰にでもなく言葉を続ける。

「動物は、自分が生きるためにしか相手の命を奪わない。我欲のために生き物の命を奪うのは人間だけだ」

しばしの沈黙のあと、丹波が涼子を見ながらおどけたように言った。

「その、生き物のなかで一番醜いやつってのを俺は相手にしてるんだ。それなのにお前さんは、俺と顔を合わせれば苦い顔ばかりだ。少しは俺の苦労もわかれよ」

丹波の話に涼子が乗る。

「それは丹波さんが時代錯誤のセクハラ発言ばかりするからでしょう。そんなんじゃ、部下はついてこないわよ」

堂々と言い返す涼子に、丹波は頭を掻《か》いた。

「こんなじゃじゃ馬でも、好きな野郎ができれば少しはおとなしくなるのかねえ。お前、誰かいいやつ知らねえか。知ってたら紹介してくれよ」

丹波は、ケージに入っているゴールデンモンキーをのぞき込みながらそう言った。

大曽我は口に溜まった血の味のする唾を、丹波に向かって吐き出した。

四

涼子はパソコンを見ながら、貴山に言った。

「貴山、アイスティーが飲みたいわ。アールグレイのフレンチブルーを淹れてくれないかしら」

事務所のなかにある給湯室から、貴山の声がする。

「ちょっと待ってください。これが終わってからつくります」

時計を見ると、午後の三時だった。

エサの時間だ。

致し方ないとわかっていても、涼子は思わずため息をついた。

大曽我の部屋から引き上げるときに、貴山はある動物を事務所に連れてきた。

カラカルというネコ科の動物だ。まだ仔猫だが、大きくなると中型犬くらいになるらしい。野性味がある身体と顔だちが目を引くが、なにより、耳の先端にあるリンクスティップと呼ばれる毛が特徴だ。とても長く、風になびくようだ。

大曽我の部屋にいた生き物たちは数が多すぎて、一度には引き取り方法がまとまらなかった。それを知った貴山が、部屋の隅にいたカラカルを、一時的にという約束で、特別に事務所へ連れてきたのだ。

今回の件で、貴山が無類の動物好きだということがわかった。正しくは好きというより敬愛しているといったほうがいいだろう。その理由は、貴山が大曽我の部屋でつぶやいた言葉に集約されているように思う。それは同時に、貴山が人間嫌いであることに通じているのだろう。

事務所にカラカルを連れてきてから一週間が経つが、貴山は仕事以外の時間は、ずっとカラカルにつきっきりだ。トイレの始末から食事の世話まで貴山がしている。まだ小さいため手がかかるし、急に体調が変わることもあるからだという。

涼子が見ている限り、それだけが理由ではない。貴山はカラカルが可愛くてしかたがないのだ。それが証拠に、カラカルの眼の上の模様が昔の公家の眉に似ていることから、一昨日くらいから「マロ」と呼びはじめている。

涼子は事務所の隅に設《しつら》えられた、二段式の大きなケージを見た。

なかでマロが、貴山がエサを持ってくるのがわかっているかのように、給湯室のほうをじっと見つめて座っている。涼子の視線に気づいたのか、ふと涼子の方を見て、かすれ気味の声で鳴いた。

涼子は慌てて視線を外した。

貴山が給湯室から、マロのエサが入った皿を手に出てきた。

無意識に目じりが下がりっぱなしになっている貴山を見ながら、早くマロの引き取り先が見つかればいい、と涼子は願った。そうでないと、貴山に自分の弱みを握られてしまう。

涼子は子供の頃、道端にいた仔猫を抱き上げて、親猫から威嚇されてひどく引っ掻かれたことがある。そのときから猫が苦手だった。

助手に弱みを握られては、仕事がやりづらくなる。

エサを食べ終えたマロをケージから出し、抱きながら貴山が言う。

「あなたも抱いてみませんか。柔らかくて抱き心地がいいですよ」

涼子は椅子ごと、貴山に背を向けた。

「ええ、あとで」

貴山に涼子の弱みがばれるのは、時間の問題だ。

涼子は窓の外を見ながらもう一度、早く引き取り手が見つかることを願った。

倫理的にあり得ない

一

パソコンで海外のトラベルサイトを見ていた上水流《かみづる》涼子《りょうこ》は、そっと顔をあげた。

斜向かいの机には、貴山伸彦《たかやまのぶひこ》が座っている。二時間前から、真剣な顔でずっとモニターを睨んでいた。

「ねえ、貴山」

顔色を窺いながら、声をかける。パソコンに夢中になっている貴山は、呼ばれたことに気づかない。

「貴山、貴山ったら」

やはり気づかない。涼子は腹が立った。夢中になるにもほどがある。椅子から立ち上がり貴山の机の前に立つと、乱暴にパソコンを閉じた。

やっと気づいた貴山が、むっとした顔で涼子を見た。

「なにをするんですか」

「なにをじゃないわよ。いったい何回呼ばせるの。それに、いまは勤務時間内でしょ。仕事以外の作業は、職務専念義務違反よ」

貴山が呆れた様子で、椅子の背にもたれる。

「用があれば夜中でも呼びつけるのに、勤務時間もなにもないでしょう。どうせ涼子さんだって、ブランド品や海外旅行のサイトでも見てたんでしょう。それに、もともと勤務時間なんてないじゃないですか」

ずばりと言い当てられ、涼子は焦った。自分の机の後ろを見る。パソコンの画面が見えるように、背後になにか設置されたのだろうか。

貴山は呆れたように、首を横に振る。

「小型のカメラも、鏡もありませんよ。私は仕事以外で、人のプライバシーを侵害するような真似はしません」

考えを見透かされた涼子は、口を尖らせた。

「じゃあ、どうして私が見てたサイトがわかったのよ」

貴山は背もたれから身を起こし、机に両肘をついた。組んだ手のうえに顎を載せて涼子を見据える。

「何年、一緒に仕事をしていると思ってるんですか。そんなことぐらい、わかります」

涼子は上水流エージェンシーという会社を経営している。そういえば聞こえはいいが、働いているのは涼子と貴山のふたりだけだ。業務内容は決まっていない。金さえもらえるなら、いなくなった猫探しから企業の極秘情報の入手まで請け負う。断るのはふたつだけ。殺しと傷害だ。それ以外は報酬次第で、なんでも引き受けている。

事務所は新宿表通りから裏道に入った先の雑居ビルにある。八階建ての雑居ビルの五階だが、看板は出さず連絡先も公表していない。クライアントのほとんどが、紹介だ。

稀に自分で調べてたどり着く客もいるが、そういうやつは大概、筋がよくない。あまり関わり合いたくないが、そういう客ほど依頼料が高いから厄介だ。金に目がくらみ請け負っても、懐に入る金はなんだかんだで微々たるものか、ひどいときはただ働きになってしまう。この世に旨い話はないということだ。結局、いつも会社は火の車だ。

しかも――

涼子は貴山の机に座り、後ろに大きくスリットが入ったスカートを半分めくった。形がいいと言われたことのある脚を、片方、貴山の前に差し出し、甘ったるい声を出す。

「それより、ねえ、貴山。このあいだの話、考え直してくれない?」

貴山は冷ややかな目で涼子を見ると、座っている椅子ごと背を向けた。

「だめです」

涼子は、急いで貴山の前に回り込んだ。腰をかがめ、仏壇を拝むように顔の前で手を合わせる。

「ね、このとおり。私とあなたの仲じゃない」

貴山は再び涼子にくるりと背を向け、もとのように机に向き合い、冷たく言い放つ。

「しつこい女は、嫌われますよ」

やはり貴山に色仕掛けは通じない。涼子は開き直って、事務所の壁際においてある来客用のソファにどっかりと腰を下ろした。

「あなたから好かれようなんて、これっぽっちも思ってない。あと、嫌われるのはしつこい女だけじゃなく、金に細かい男もだから」

先月、仕事の報酬として三百万円が手に入る予定だったが、依頼主が突然他界し一円も振り込まれなかった。おかげで今月支払う予定だった一年分の家賃を払えなくなり、待ってもらっている。そんな状態なのに、先週、貴山が給料の値上げを要求してきた。いま住んでいるアパートから、もっと広いところに引っ越したいという。

悔しいから口にはしないが、この事務所は貴山がいないと成り立たない。一見、顔とスタイルがいいだけの頼りない男に見えるが、ＩＱ一四〇で、数ヵ国語を母国語並みに話し、かつて演劇俳優を目指していたことから変装も得意だ。しかも、紅茶を淹れる腕前は一流ときている。人間嫌いで、ものごとを斜に構えて見るところを除けば、これ以上のパートナーはいない。涼子は必死に、落としどころを探す。

「ねえ、いままで副業は禁止していたけど、仕事がないときなら短時間のバイトを許可してもいいわよ。貴山ならホストクラブで一週間働けば、かなり稼げるから」

貴山は涼子を睨んだ。

「どうして私が、人の機嫌を取らないといけないんですか。それなら涼子さんが銀座のクラブでバイトすればいいでしょう。すぐに太客が何人もつきますよ」

「私が嘘つけないの、知ってるでしょう。客を怒らせてクビになるのがオチよ。だいたいね、私は貴山が引っ越す理由が納得できないのよ。あれ、いずれどこかに引き取ってもらうって言ってたじゃない。それなのに、自分が飼うなんて言いだして――」

あれ、と言いながら、涼子は部屋の隅に置かれているケージを見た。二段式のケージには、子供のカラカルがいた。アフリカ大陸やアフガニスタンといった乾燥地帯に生息している、ネコ科に属するものだ。猫によく似ているが猫より野性味があり、耳の先についている長い毛が特徴だ。

貴山がマロと名付けたカラカルは、前に動物の密輸に関する事件にかかわったときに保護したものだ。適切な場所が見つかるまでという約束で事務所に一時的に連れてきたが、面倒を見ているうちに情が湧いたらしく、自分が飼うと言い出した。

カラカルをペットとして飼うには、各自治体に飼養許可を申請する必要があり、許可がおりるにはいくつもの厳しい条件がある。そのひとつに充分な飼育ができる大きさの設備というものがあった。その設備を整えるために、いま住んでいる1Kからもっと広いところへ引っ越したいのだ。

貴山が椅子から立ち上がり、マロをケージから出した。異種でも愛情が伝わるのか、マロは貴山の顔に鼻を擦りつけ可愛い声で鳴く。

「よしよし、大丈夫。ずっと一緒だよ。なにも心配ないよ」

涼子は天井を見上げて、大きなため息をついた。マロに向ける愛情の半分でも、人に向けてくれたらいいのに、と思う。貴山は人に対しては冷徹だ。それは相手がクライアントでも同じで、気に入らなければ厳しい言葉を容赦なく浴びせる。そのせいで泡になった儲け話がいくつかあった。いっそ貴山が無能だったら迷わずクビにするのに、それができないから悩む。

いまのままの条件で働いてもらういい方法はないか——

涼子が唸《うな》りながら頭を捻《ひね》っていると、涼子の机にある固定電話が鳴った。いつもなら貴山が出るのだが、いまはマロを抱いていて手が離せない。仕方なく涼子がソファから立ち上がる。

涼子も貴山も携帯は持っているが、はじめての客からの連絡は固定電話で受けるようにしている。相手の素性を知り信用できると判断するまでは、携帯番号は教えない。クライアントと揉めるごとに、携帯番号を変えるのは面倒だからだ。

「はい、上水流エージェンシー」

涼子が電話に出ると、受話器の向こうから女性の声がした。

「ええ、嘘。本当に繋がった」

面白半分で掛けてきたような言い方に、涼子はむっとした。

「ちゃんと繋がってますよ。ところで、どなた？」

心の準備ができていないのか、相手は言い淀みながら答える。

「私、そちらに依頼があって電話したんです」

「ええ、我が社に電話をしてくるほとんどが、依頼がある方です」

「ちょっと難しい問題で」

「うちに持ち込まれる依頼は、みんな難しい問題です」

「解決してもらえるでしょうか」

「報酬金額によります」

「それって、そっちが提示する金額を払えば、必ず解決してくれるってことですか？」

涼子は貴山を見た。この仕事をはじめて七年になるが、クライアントが願う形の解決に至らなかった依頼がある。数で表すなら百件——いや二百件に一件くらいのわずかなものだ。それをいま伝えたら、クライアントは依頼しないかもしれない。

この仕事は、いつも依頼があるわけではない。一度にいくつも重なるときもあれば、二ヵ月以上ないときもある。この依頼を逃したら、次はいつになるかわからない。涼子は受話器を両手で抱えると、明るい声で答えた。

「はい、そのとおりです。こちらが要求する金額をお支払いいただければ、絶対に解決いたします」

電話の向こうで、相手がほっとする気配がした。

「お金はあります。だから助けてください」

相手は、涼子が二年前に問題を解決した依頼人から、ここの事務所の話を聞いたという。依頼人の名前を、涼子は覚えていた。有名企業の役員で、裏切り者の部下を探し出してほしい、という依頼だった。

「では——」

　涼子は明日の十一時に事務所で会う約束を取り付け、電話を切った。立ったまま、大きく息を吐く。ほっとしたのはこっちだ。依頼の内容にもよるが、これでまとまった金が手に入る算段がついた。とりあえずそこから貴山にボーナスとして金を払い、引き下がってもらおう。

　安心したら紅茶が飲みたくなった。貴山に淹れてもらおうと後ろを振り向くと、貴山が厳しい顔で涼子を見ていた。

　涼子はびくりとして、わずかに身を引いた。

「なによ。怖い顔して」

「いいんですか、あんなこと言って」

「なにが？」

　涼子はしらばっくれた。

　貴山が言いたいことは、涼子にも想像はついていた。こっちだって、伊達《だて》に長く一緒に仕事をしているわけではない。だが、口では敵わない。気が付かないふりをして逃げたほうがいい。急いでパソコンに向かい仕事をするふりをするが、貴山は逃さなかった。机の前にやってきて、マロを腕に抱きながら涼子をうえから見下ろす。

「世の中に、絶対はないと知っているでしょう。金を積めば解決できるみたいなことを言って、もしだめだったらどうするんですか」

　涼子は言い繕った。

「大丈夫よ。私とあなたなら、どんな問題も解決できるって」

貴山は呆れたような顔をした。

「あなたは楽観的すぎるんです。だから、いつも危ない目に遭うんでしょう。私がどれほど大変な思いをしているか、わかってますか。もっと先のことを考えて、節度をもって自分を律しながら――」

貴山の説教は、はじまると長い。涼子は椅子から立ち上がると、背もたれに掛けていたジャケットを羽織った。

「用事を思い出した。出掛けてくる」

貴山が急いで呼び止めた。

「ちょっと、涼子さん。話はまだ終わってませんよ」

涼子はドアを開けながら、貴山が抱いているマロを目で指した。

「ほら、ちょうどエサの時間でしょ。早くあげないと。その子、待ってるよ」

貴山が怒る。

「エサじゃありません、食事です！」

マロが貴山を見上げて、ねだるように鳴く。貴山がマロに気を取られている隙《すき》に、涼子は事務所を逃げ出した。

二

依頼主の澤本香奈江《さわもとかなえ》の第一印象は、質素、というものだった。肩下までの髪を、うしろでざっくりとひとつに結び、シンプルな紺色のワンピースを着ている。

容姿は、モデルのように目を引くわけではないが、マッチングアプリで複数の男性から声がかかるくらいには整っている。自己申告四十五歳だが、童顔のため、十歳さばを読んでも通じるほど若く見える。なんともいえない色香が漂っていた。

事務所の応接セットのソファで、香奈江は向かいに座っている涼子に頭を下げた。

「今日は、お時間をちょうだいしありがとうございます。よろしくお願いします」

涼子は、香奈江をさりげなく観察しながら微笑む。洋服、靴、バッグなど身に着けているものは、量販されているものだ。金を持っているようには見えない。しかし、人は見た目では判断できない。もしかしたら、口座にゼロが幾つもならんでいるのかもしれない。

涼子は愛想よく、穏やかに言う。

「こちらこそ、早速ですが、ご用件というのは――」

香奈江は俯き加減のまま、涼子の後ろに立ったまま控えている貴山を見た。視線に気づき、顔だけで貴山を振り返る。

「これは貴山です。私の秘書で、一緒に仕事をしています」

貴山が丁寧に頭を下げる。涼子は香奈江に向き直った。

「口は堅く信頼できる男ですので、なにを話してもらっても大丈夫です。外に漏れることはありませんので、ご安心ください」

「はあ――」

いまひとつ信用しきれないのか、香奈江は曖昧な返事をする。

「それで、ご依頼の内容を――」

涼子が先を促すと、香奈江は覚悟を決めたのか、ソファの上で膝をそろえなおし、涼子をまっすぐに見た。

「息子の親権を、取り戻してほしいんです」

香奈江には直人《なおと》というひとり息子がいる。現在九歳。小学校三年生だ。

元夫の名前は安生健吾《あそうけんご》、現在六十五歳。ふたりは十年前、安生が五十五歳、香奈江が三十五歳のときに結婚した。その翌年に直人を授かった。

「どこで知り合ったんですか」

「病院です。私は看護師をしていますが、前に勤めていた病院に安生が入院してきて、そこで知り合いました」

その頃の香奈江の勤務先は、清愛《せいあい》中央病院。都内の個人病院では大きいほうで、内科、外科のほか、いくつかの診療科を持っていた。

「私は外科の担当だったんですけど、そこに車の事故で怪我をした安生が運び込まれてきたんです」

安生の怪我は右大腿骨の複雑骨折で、リハビリまで含めると全治三ヵ月という重傷だったという。

「そのあいだに、親しくなったんですね」

涼子の言葉に、香奈江は頷いた。

「安生はとても五十代半ばには見えませんでした。髪には白いものが混じっていたけれど、テニスが好きで身体を鍛えているせいもあり若々しくて、子供みたいに無邪気に笑うと四十代でも通るくらいでした」

アプローチをしたのは、安生からだという。

「患者さんのなかには、看護師に横柄な態度を取る人もいるんです。でも安生は偉そうにしたことがなく、むしろ忙しい私たちに優しくしてくれました。長く生きてきたなかで培った包容力――とでもいうのでしょうか。当然、看護師たちからも人気がありました。仕事の愚痴を、こっそり聞いてもらってた人もいたぐらいです」

ふたりが付き合うようになったのは、安生のギプスが取れて退院し、リハビリに通うようになってからだった。

「まだ運転ができない安生は、毎日、タクシーで病院に通っていました。そのときは、廊下ですれ違ったときに挨拶を交わす程度だったんですけど、ある日を境に急に距離が縮まりました」

その日は台風が関東に接近し、都内が強い風雨に襲われていた日だった。

夜勤明けのまま日勤だった香奈江は、夕方の引継ぎを終えるとすぐに病院を出た。一刻も早く家に帰って眠りたかったが、電車に遅れが出ていてそうはいかないようだった。

とりあえず駅へ行こう、そう思い傘を差して歩き出したとき、タクシー乗り場に安生がいるのを見つけた。松葉杖で身体を支え、雨を避けるように顔を下に向けている。

タクシー乗り場に屋根はあるが、そんなものは役に立たないほどの横殴りの雨で、安生の足元はずぶ濡れだった。

「気の毒になり、気が付くと駆け寄って自分の傘を差しかけていました。安生は驚いて、私が濡れることを気にして離れようとしたんです。私は、電車が遅れていることを理由に、急がないからタクシーが来るまで一緒にいます、と言いました。でも、それはとってつけた理由で、本当はそばにいたいだけだったんです」

タクシーが来たのは三十分近く待ってからだった。安生は香奈江にも一緒に乗るように勧める。お礼に家のそばまで送ってくれるというのだ。

「はじめは断りましたが、安生がどうしても、というのでその言葉に甘えました」

ふたりの家は、偶然にもすぐ近くだった。

タクシーを降りようとする香奈江を、安生は食事に誘った。今日の礼がしたいという。一瞬、患者と個人的に外で会うことに躊躇《ためら》ったが、安生の魅力に勝てなかった。連絡先の交換をして別れた。

「病院の外で会う安生は、入院中よりもっと優しくて、紳士で、私はすっかり夢中になりました」

この調子だと、一日がかってののろけ話で終わってしまいそうだ。涼子はタイミングを見計らって、話を先に進めた。

「ところで、安生さんのお仕事はなんですか」

「経営コンサルタントです。結婚したときは、別なコンサルタント会社の外部スタッフをしていました」

「結婚したときは——というと、いまは違うんですか？」

「三年前に独立して、自分の会社を立ち上げたんです。名前は株式会社ファイアット。安生はその代表取締役社長です」

後ろにいた貴山が、自分の席に着きパソコンを開いた。素早い手つきで、キーボードを叩きはじめる。いままでの話でわかったこと——株式会社ファイアットのこと、安生の素性、香奈江が勤めていた病院についてなどを、独自のネットワークで調べているのだ。

それまでただ突っ立っていた貴山がいきなり動いたことに、香奈江は戸惑ったようだ。

「あの——」

続く言葉を、涼子は手で遮った。

「貴山のことはお気になさらず。どうぞお話を続けてください」

作業をしている貴山を気にしながらも、香奈江が話を進める。

「ふたりで会うようになってすぐ、私は安生のマンションへ行くようになりました。安生は独り暮らしだったので、部屋はそれほど広くはありませんでしたが、きれいに片付いていてきちんとしている人柄が窺えました」

そしてふたりは、出会ってから一年で結婚した。

「迷いはありませんでした。この人とずっと一緒にいたいと思ったし、なによりそのときは安生を愛していました。そして結婚した翌年、直人を妊娠しました。話をしたとき、最初、安生は戸惑ったようでした。自分の五十代半ばという年齢を考えたんだと思います。少し時間をくれ、と言われましたが、数日後、いい父親になるから産んでくれ、と言われました」

「そして、香奈江さんは無事に直人くんを出産した」

香奈江が頷く。

「しばらくは、幸せでした。安生は私のことも直人のことも大切にしてくれました。直人をとても可愛がり、この時間がずっと続くと思っていました。それなのに――」

声を詰まらせた香奈江に、涼子は紅茶を勧めた。香奈江が来たときに貴山が淹れたものだ。香奈江は紅茶を少し口にして、話を続ける。

「安生が変わったのは、結婚してから三年目でした。いつも明るかった人が笑わなくなり、暗い顔で自分の部屋に閉じこもるようになったんです。なにを訊いても、なんでもない、としか言わないし、あまり心配しても負担になると思って、しばらくそっとしておいたんです。そうしたら、ある日いきなり別れてほしいと言われたんです」

「いきなり？」

心の痛みを思い出したのか、香奈江が辛そうに目を伏せた。

「理由を訊いても、もう愛情がなくなったの一点張りでした。自分に悪いところがあるなら直すからやり直そう、と言っても、もう無理だ、と言われました。私は安生の気持ちが変わるように努力したけれど安生の意志は固く、離婚届に判を押さない私に暴言を吐くようになったんです」

　疲れ果てた香奈江は、別れる決意をする。

「でも、そこで大きな問題が持ち上がりました」

　涼子は先回りをした。

「今回のご依頼の、親権ですね」

　香奈江はバッグのなかから携帯を出し、ある画像を涼子に見せた。香奈江と幼い男の子が写っている。背景に遊具が見えることから、どこかの公園で撮ったものだろう。

「息子の直人です。このとき直人は三歳、離婚する少し前のものです」

　画像の直人は、後ろから香奈江に抱きしめられながら、屈託のない笑顔を浮かべている。

「私は別れる条件として、直人の親権の要求をしました。でも安生は許しませんでした。絶対に直人は渡さない、と言い張り、私の収入が少ないことを理由に、直人の親権を奪っていったんです」

　俯いていた香奈江は、思い切ったように顔をあげると、涼子に向かって叫んだ。

「お願いです。直人の親権を奪い返してください。お金なら持ってきました」

　香奈江は携帯が入っていたバッグに手を突っ込むと、なかから銀行の名前が入った紙袋を取り出した。香奈江が袋の中身を、テーブルの上に出す。涼子は目を見張った。帯封がされた一万円の束が五つ――五百万円の大金が目の前に積まれた。

「これは――」

「今回の依頼料です。もし、足りなければ、その分はあとで必ず払います。だから、どうか引き受けてください」

香奈江は涼子に向かって、深々と頭をさげた。

涼子は札束を見ながら、自分の額に手を当ててため息を吐いた。古今東西、金は人を幸せにもしたが、破滅もさせてきた。後先考えず、金に手を出すことは、後者の道を歩むリスクが高いことはよく知っている。もっと慎重に判断すべきだとわかってはいるが、現金の魅力には抗えなかった。しかも、事務所はいま、家賃を滞納しているくらい資金繰りに困っている。どのような条件であろうと、この依頼を断るという選択肢はない。

いますぐ札束を摑みたい気持ちを抑え、涼子は平静を装った。

「香奈江さんが息子さんを思う気持ちは、よくわかりました。この依頼――」

お引き受けいたします、涼子がそう言おうとしたとき、ずっとパソコンを叩いていた貴山が横から話を遮った。

「どうして、いまなんですか」

「え？」

香奈江が驚いた様子で貴山を見た。

「息子さんと離れてから、およそ六年が経っています。いままで放っておいたのに、どうしていまになって、親権を取り戻そうとするんですか」

「貴山、失礼でしょ」

涼子は慌てて、貴山を窘《たしな》めた。香奈江が気を悪くしてこの話がなかったことになったらどうするのか。急いで香奈江の機嫌を取る。

「申し訳ありません。この男は仕事はできるんですけど、ちょっと気が利かないところがあって──決して悪気はないんです。ええ、本当です」

香奈江は気分を害した様子はなく、むしろ貴山の言葉に理解を示した。

「貴山さんがそうおっしゃるのも無理はありません。私も、もっと早く親権を取り戻したくて、自分でいろいろ調べました。でも、一度決まった親権の変更は難しく、まして、収入や生活環境の面でも安生のほうが整っていては、正当な方法で親権を取り戻すのは無理だ、とわかりました。それから、こちらに依頼するお金を貯めはじめたんです。調べていた時間とお金を貯めていた時間を合わせると、この年月が経っていました」

貴山は質問を続ける。

「いまのお仕事は」

「看護師です。私が持っている資格はそれだけですから」

「勤務先は」

「江東《こうとう》区にある富岡《とみおか》総合クリニックです」

「お住まいは」

貴山は、口を挟む隙がないほど、矢継ぎ早に質問を続ける。涼子は仕方なく様子を見ることにした。

質問を終えた貴山は、香奈江の近況と今回の依頼の要点をざっくりとまとめる。

「香奈江さんの仕事は看護師で、勤務先の近くのアパートに独りで暮らしている。三十五歳のときに安生と結婚したが、のちに安生から一方的に離婚を求められ、六年前に離婚。当時三歳だった直人くんの親権は、経済的な理由から安生に渡った。なんとか直人くんの親権を取り戻そうとして、一年前に安生の会社へ連絡したが、秘書を通じて戻ってきた返事は、弁護士を通せ、というものだった。正攻法では親権を取り戻すのは難しいと判断したあなたは、この事務所の存在を知り依頼金を貯めてここにやってきた——ここまではいいですか？」

俯いて聞いていた香奈江は、そのままの姿勢で頷《うなず》く。

「離婚した当時と違い、看護師としてのキャリアを積んだいまは、直人を育てられる収入があります。私の手で直人を育てたいんです」

「いつまでに解決してほしい、という希望はありますか」

涼子が訊ねると、香奈江は勢いよく顔をあげて、涼子を見た。

「いますぐ」

香奈江の鬼気迫る表情に、涼子は怯《ひる》んだ。

「いや、こちらもいろいろ調査をしなければいけないので、せめて二週間——いや、一週間はお時間をいただかないと——」

「ちょっと、涼子さん。まだ引き受けるとは——」

貴山が口を挟む。そこに香奈江が言葉をかぶせた。

「そうですね。私ったら気持ちが急いて――わかりました。それで結構です。お願いします」

涼子はにっこりと笑った。

「ご了承いただきありがとうございます。きっと、いいご報告ができると思います」

香奈江はほっとしたように息を吐くと、横に置いていた自分のバッグを手に取った。

「必ず直人の親権を奪い返してください。このお金は、そのときにお渡しします」

テーブルのうえの五百万円を、香奈江はバッグにしまおうとする。それを見た涼子は、急いで止めた。

「あの、依頼には手付金というものがございまして、依頼金の一部を先にいただいております。調査にいろいろとお金が掛かりますので――」

香奈江は不服そうな顔をしたが、五つある札束のひとつを解き、そのなかから十枚を涼子に渡した。

「とりあえず、十万円お支払いします。足りない分は領収証と引き換えにお渡しします」

いまの上水流エージェンシーにとって十万円は大金だが、五百万円を見せられてからでは少なく感じてしまう。しかし、ここでごねて依頼を取り消されては元も子もない。涼子は仕方なく頷いた。

「わかりました。では、なにかご報告できることがありましたら、いただいている携帯番号にご連絡します」

香奈江は貴山が淹れた紅茶をぐいっと飲み干すと、事務所を出て行った。

十万円を扇子のように広げて、涼子はぼそっとつぶやいた。

「ケーチ」

「私はやりませんよ」

パソコンを見ながら冷たく言い放つ貴山に、涼子は言い返した。

「しょうがないでしょう。お金がないんだから」

貴山はきつい目で涼子を睨む。

「あなたも気づいたでしょう。あの人の右手の親指。なにがこつこつ貯めたお金だ。すぐばれる嘘をついて」

「あら、なんのこと?」

涼子はしらばっくれた。香奈江の親指については、涼子も気づいていた。指の腹には固いタコができていた。通称、スロタコ。スロットのし過ぎによってできるものだ。しかも、香奈江は爪にヒビが入っていた。そこまでなるには、かなりの時間がかかる。香奈江はパチスロ常習者なのだ。

「しらを切っても駄目ですよ。競馬ならまだしも、パチスロであんな大金を稼げるなんてあなたも思わないでしょう。あれは曰く付きの金です。依頼を引き受けてもいいことありませんよ」

「まあまあ」

涼子は貴山を宥《なだ》めた。

「とりあえず調べてみて、筋が悪かったら手を引くからいいじゃない。曰く付きだろうがなんだろうが、お金に罪はないんだから、少しでも手に入るほうがいいでしょう。それに――」

涼子は部屋の隅に置いたパーティションを見た。見知らぬ人が来るとマロが怯えるから、と貴山がケージを囲むように置いたものだ。

「あなたの可愛いマロちゃん、いつまでそのケージにいられるかしら。あっという間に大きくなるんでしょう？　早く広いところに引っ越さないと、マロちゃんが可哀そう」

一番弱いところをつかれた貴山は、言葉に詰まったようだった。諦めたように息を吐く。

「人の弱みに付け込んで――わかりました。この依頼引き受けましょう。でも、もし香奈江が悪事を考えているようなら、そこで調査は打ち切りです」

やった。涼子は心で万歳をした。とりあえず、手付金の十万円は手に入ることが決まった。あとはどう経費を上乗せして、あいだを撥ねるかだ。

貴山に長所はいくつもあるが、そのひとつは割り切りがいいところだった。腹を決めるまではぐずぐずしても、そうと決まれば文句は言わない。実直に仕事をこなす。

「親権を渡す気がない安生から、どうやって奪い取るか――取引、脅し、泣き落とし、方法はいくらでもあるけれど、まずはいまのふたりの暮らしがどういったものなのか調べましょう。それから、一番大切なのは直人くん本人の意思です。金銭面や生活環境が整っているから幸せとは限りません。もしかしたら、母親と一緒に暮らしたいと思っているかもしれない」

「パチスロ好きの母親でも？」

貴山は涼子をきつい目で見た。

「ギャンブルをするから悪い親とは限らないでしょう。パチスロをしても子供をちゃんと育てていればいい。問題はその逆です。優しい親を演じながら子供を虐《しいた》げる者もいる。そのほうが親として失格です」

涼子は降参の意を表すために、肩を竦めた。

「わかったわかった。で、父親のほうはなにかわかった？」

貴山がパソコンに目を戻す。

「株式会社ファイアットですが、かなり大きな企業ですね。一流企業と契約を結んでいます」

「どれどれ」

涼子はソファから立ち上がり、貴山のパソコンをのぞき込んだ。公式サイトの実績のページに、誰もが知っている製薬会社や保険会社の名前が連なっている。代表取締役あいさつのページには、安生健吾のバストショットが載っていた。仕立ての良さそうなジャケットの襟には、銀色のバッジがついている。おそらく会社のものだろう。真っ白な髪をきれいに後ろに撫でつけ、温厚そうな笑みを顔に浮かべている。目じりや口元に皺はあるが、肌艶がよくとても六十五歳には見えなかった。

「ゴルフの名門コースにいそうね」

「こっちはすぐに調べがつきそうです。社会的立場がある人ですから、友人知人はたくさんいるでしょう。問題は母親のほうです」

「こっちだってすぐに調べがつくんじゃない？　勤めている病院の関係者や通っていそうなパチ

スロ店を洗うとか」

貴山は難しそうな顔をして、腕を組んだ。

「女は隠し事が上手なんです。男は調子に乗って手の内を晒し、ぼろを出すことが多いけれど女は違う。慎重で、賢くて、欲深く、狡《ずる》い」

涼子はむっとした。

「あんた、女に手ひどく振られたことがあるんでしょう。発言に悪意を感じる」

貴山は涼しい顔で反論する。

「事実を言っているだけです。唐《とう》の玄宗《げんそう》、徳川家二代目将軍秀忠《ひでただ》、みんな女で身を滅ぼしている。あなたもお金が大好きじゃないですか」

涼子は貴山の前に、顔を突き出した。

「あたりまえでしょう。それは男も女も同じ。お金が嫌いな人なんていないから。でも、今回の依頼は遺産狙いじゃないからね」

貴山が残念そうに頬杖をつく。

「わかってますよ。だから、依頼人がどうしてそこまで親権を取り戻したいのか、考えているんです」

涼子は以前、弁護士をしていた。ある事情で法曹資格を剝奪されてしまい、いまの仕事をはじめた。法律の知識はひと通り頭のなかにある。

香奈江から話を聞いたときは、一瞬、遺産目当てかもしれないと思った。直人の親権を手に入れておけば、安生が死んだとき、直人が受けとる遺産のおこぼれにあずかる算段だと考えたのだ。しかしすぐに、それはないと気づいた。法律で、親権がどちらにあっても子供は親の相続人である、と、決まっているからだ。

腑に落ちない顔で、貴山がつぶやく。

「依頼人が直人くんの親権を取り戻さなくても、安生になにかあった場合、直人くんは遺産を相続する。となると、今回の依頼は遺産目当てとは考えづらい。じゃあほかに、大金を払ってまで親権を取り戻したい理由はなにか——香奈江が息子に対する愛情だけで動いているとは思えない——」

「まあ、それはまず横に置いておいて、これからどう動くか相談しましょう」

涼子は強引に、貴山の思考を遮った。また話を蒸し返され、やっぱりこの依頼から手を引く、と言われたら困る。

ちょうどそのとき、タイミングを見計らったかのように、パーティションの後ろからマロの鳴き声がした。グッジョブ！　涼子は心でマロを褒めたたえた。ここぞとばかりに、畳み込む。

「早く解決すれば、それだけ早くマロちゃんに快適な空間を提供できるのよ。ほら、急ごう」

やっと貴山は全面降伏したようだ。気が乗らない様子ながらも、頷いた。

「そうですね。マロのために、一刻も早く解決できるよう努力しましょう」

涼子は心でほくそ笑みながら、五百万円の使い道を考えはじめた。

三

出崎治《でざきおさむ》はコーヒー缶を片手に、ホールのなかをうろうろしていた。

夜がまだ浅いパチスロ店は、空きがないほど客で混んでいた。見慣れた常連の顔も見えるが、帰宅途中のサラリーマンや買い物帰りの主婦らしき者もいる。

出崎はずっと、ひとりの女に目をつけていた。歳は三十代半ば、パンツスーツで電子タバコを吸っている。笑えばそれなりに可愛い顔なのに、眉間に皺を寄せてストップボタンを夢中で押している。

足元に、ハンバーグやサラダといった総菜が入ったコンビニのレジ袋と、幼児キャラクターの模様が描かれた絵本バッグがある。会社からの帰宅途中、子供を保育園に迎えに行く前にひと打ち、といったところか。

女がちらりと自分の腕時計を見た。見た目にもわかるくらいがっくりと肩を落とし、荷物を持って席を立つ。

出崎はすかさず、女が立ち去ったあとの椅子に座った。舌なめずりをして手を揉む。このときをさっきから待っていたのだ。持っていたメダルを投入口から入れる。スタートボタンを押すとリールが回りだし、液晶画面に戦国武将が現れた。次々と襲い掛かってくる雑魚キャラを倒していくと、すぐに敵の大将が出現し、ボーナスステージに突入した。

出崎はにやりと笑った。辛抱強くこの台を狙っていて正解だった。女が打っているあいだ、液晶のアクションを注意深く見ていたが、やがて当たりが来るアクションが頻繁に出ていた。女は子供を迎えに行くため、そう長くは打たない。女が帰る前に当たりが出なければ、そのあとに必ず出る。そう思ってはいたが、まさかこんなに早くチャンスが来るとは思っていなかった。

液晶画面が激しく点滅し、敵の大将が断末魔の声をあげて倒れる。画面に金色の文字で大きく『V』の文字が表示された。

「やった！」

出崎は思わず大きな声をあげた。周りの客がこちらを見る。通路の奥に、見知った顔があった。このあたりで通称イッポンと呼ばれている男だ。昔から、隣の客に必ず煙草を一本ねだることからその名がついた。イッポンは出崎のそばにやってくると、毒づいた。

「この台は俺が狙ってたのによ。おちおち便所にも行けねえや」

イッポンは出崎と同じく、このあたりでパチスロで暮らしている打ち子だ。ふたりとも他の客が打っている様子を見て、当たりそうな台が空いたらそこで打つハイエナ狙いを得意としている。そのため時々、狙っている台が重なりぶつかるのだ。出崎は申し訳程度しか残っていない髪を、乱暴に後ろに撫でつけた。

「このあいだ、あんたに先を越されたおかげで、俺はこの一週間コンビニの残りもんだった。こんどはあんたが食いな」

「さっさとくたばれ」

イッポンが盛大に舌打ちをくれて、立ち去る。

そのあとも、台は出続けた。大当たりが終了したのは一時間後で、そのころには台のうえに置き切れなくなったドル箱が、後ろの通路に山積みになっていた。

娯楽目的の打ち子のなかには、また当たりがやってくると思い打ち続けるやつもいるだろう。しかし、出崎は止めどきを心得ている。液晶のアクションを見ていても、もうこの台が出る気配はない。そろそろ切り上げよう。

出崎がやめるタイミングを見計らっていると、空いている隣の席に人が座る気配がした。なにげなくそちらを見ると、そいつと目があった。女だった。さらさらの長い髪、ミニスカートから覗く形のいい脚、身体の線がはっきりとわかるワンピースの胸元は豊かに膨らんでいる。

女はかけていた濃い色のサングラスを下にずらして、顔を出した。自分でも、鼻の下がだらしなく伸びるのがわかる。女は誰の目から見ても、美人の部類に入る顔立ちをしていた。容姿、スタイルともに上玉だ。

「景気いいね。おじさん」

女は年齢不詳だった。二十代と言われても頷けるし、四十代と言われても納得できる落ち着きがある。どっちにせよ、女からすれば還暦をとうに過ぎている出崎は、間違いなくおじさんだ。

「なんだ、たかりか」

負けた客のなかには、当たりが出た客に擦りより、飯や小遣いをねだる者がいる。こんないい女が自分に声を掛けてくるなど、たかりとしか考えられない。

「お金には困ってるけど、たかりじゃないよ」

出崎は眉根を寄せた。たかりじゃないとしたら、冷やかしだろうか。女は下げていたサングラスをもとに戻し、出崎の耳元に口を寄せた。

「教えてほしいことがあるの」

声もいい。身体がぞくぞくする。

「それを教えて、俺にいいことがあるのか？」

女は赤い唇の両端をあげた。

「もちろん」

出崎ははっと我に返り、顔を激しく左右に振った。こんないい女が、くたびれたオヤジに理由もなく声を掛けてくるはずがない。所詮、大当たりした男を狙う美人局《つつもたせ》の類だろう。美味い話に食いついて、怪我をするのはごめんだ。

だらしなく伸びた鼻の下を戻し、出崎はブザーを押して店員を呼んだ。

「カモなら他を探せ」

冷たく言い放ち、缶コーヒーの残りを一気に飲む。女は出崎の言葉を無視して、肩にかけていたショルダーバッグから携帯を取り出した。

「この人、知らない？」

女が差し出した携帯の画面には、ひとりの女が写っていた。特に印象に残らない顔立ちだが、出崎はこの女を知っていた。この店でよく見かける客のひとりだった。開店からいるときもあれば、夕方から打ちに来るときもある。女が帰ったあと、その台で二回ほど大当たりを出したことがあるからよく覚えていた。

出崎は、改めて目の前の女を見た。どうやら美人局ではないらしい。画像の女のことを話せば、本当にいいことがあるかもしれない。

「ああ、知ってる。この店の常連だ」

「いつから？」

「さあ、俺がここに通いだしたのは三年前だが、そんときにはもういた」

「ひとり？　それとも――」

女が訊いている途中で、若い店員がやってきた。

「おう、ここ、全部だ」

店員がメダルを落とさないように、慎重にドル箱を運んでいく。

「ここじゃあなんだから、もっと静かなところで話そうや」

出崎が言うと、女はにっこりと笑い先に外へ出て行った。


景品交換所をあとにした出崎は、少し離れた歩道の隅に女が立っているのを見つけた。女は出崎に向かって手招きをし、薄暗い路地へ入って行く。

やっぱり美人局か。そう思ったが、あたりに人の気配はない。懐が温かいと、人は気持ちが大きくなる。滅多に食べられない高級料理を目の前にして、箸もつけずに立ち去るのはもったいない。いざとなったら、一目散に逃げればいいだけのことだ。

出崎が用心しながらついていくと、女は路地の突き当りでこちらを振り返った。念のために自分の背後を確認するが、誰もついてきている様子はない。出崎は安心して女に向き直った。

「さあ、さっきの話の続きだ。──で、あの女のなにが知りたいんだ？」

「いつもひとりで来ていたの？　それとも誰か連れがいた？」

「最初はひとりだったが、最近はふたりで来てたな」

「男？」

「ああ、息子かって思うぐらい若えやつだ」

「最近って、いつ頃から？」

「半年くらい前だったかな。でも、ここひと月ばかりはふたりとも見てねえ。店を変えたんじゃねえかな」

「ひと月──」

女が考え込むように腕を組んだ。女は街灯を背にする形で立っていた。逆光に浮かび上がるシルエットが、なまめかしい曲線を描いている。出崎は久しぶりに、身体の中心が熱くなるのを感じた。口のなかに唾が出てくる。

「その男が誰かわかる？」

出崎は女にゆっくりと近づきながら答える。

「さあな、でもありゃあ昼職じゃあねえよ」

男は髪を赤くして、耳にピアスをいくつもつけていた。派手なシャツを着て、腕には、手首まである黒いアームカバーがあった。

「おそらく、派手にタトゥーを入れてるんだろうよ」

「フルネームはともかく、女がなんて呼んでいたかぐらいわからないの？」

なんだか馬鹿にされたような気がして、必死に記憶を辿る。

やがて出崎は、男の呼び名を思い出した。

「そうだ、ユウジだ」

一度だけ、ふたりが出崎の近くに座ったことがある。飲み物を買うために席を立った男を、女はユウジと呼び止めた。昔、流行った刑事ドラマの登場人物と同じ呼び名で懐かしく思ったことを覚えている。

「男に関して知っているのは、それだけ？　住んでいる場所とか、女とどういう関係だとかは？」

考えたが、それ以上は知らない。そもそも、よく見かける客というだけなのだ。わかるはずもない。取引はここまでだ。出崎は舌なめずりをした。

「俺が知っているのは、それだけだ。あとはわからねえ。それより、俺はあんたのことをよく知りたいんだがな——」

女は、百七十センチほどの出崎と同じくらいの身長だった。女にしては大きいほうだが、身体の線は細い。こんなひと気のないところに男を連れてくるのだから、女もそのつもりなのだろうが、もし抗っても力ずくでなんとかできる。懐、腹、身体の三拍子が満たされることなど滅多にない。今夜は最高についている。

「俺はお前が知りたいことを教えた。こんどは、お前が言っていた『いいこと』をしようや」

出崎は女の腰に手を伸ばした。次の瞬間、自分がどうなったのかわからなかった。背中に激痛が走り、視界には雑居ビルの合間から見える狭い夜空が映る。

背中に受けた衝撃で、息ができなかった。地面を転がり、這いつくばって咽喉《のど》に手を突っ込む。嚥下《えんげ》するように咽喉を上下させていたら、ヒュウという音とともに空気が肺に入ってきた。咳き込みながら、やっと自分が足払いをかけられてひっくり返ったことに気づいた。

目の前に、高いヒールが立つ。ゆっくり視線をあげると、女がうえから出崎を見下ろしていた。

「いきなり襲い掛かるなんて、行儀が悪いわね」

「このクソアマ――」

手を伸ばし、女の足首を摑もうとした。その手の甲に、細いヒールがめり込む。悲鳴にならない声が、咽喉から洩れた。

「その様子だと、ずっと女性を乱暴に扱ってきたんでしょ。これはお仕置きよ」

女はさらに、かかとに力をかける。抵抗しようにも、背中が痛くて動けない。出崎は必死に詫びた。

「わかった、悪かった。だから、足をどけてくれ！」

女は大人しく、足をどけた。手の甲にヒールの跡がついている。痛みがひどくて感覚がない。

「その手じゃあ、しばらくは台を打てないわね。これを機会に、真面目に働くことね」

女が踵《きびす》を返し、いま来た道を戻りはじめる。出崎は地面に突っ伏したまま、怒声を張りあげた。

「せっかく人が親切に教えてやったのに、『いいこと』どころかこんなことしやがって。覚えてろ！」

女が足を止めて、こちらを振り返った。びくりとして身構える。暗がりで、女が笑う気配がした。

「今日の儲け、私に取られなかったでしょ。『いいこと』あったじゃない」

頭に血がのぼった。最初から、相手への見返りなど考えていなかったのだ。女が言葉を続ける。

「このあたりのパチスロに出入りしている客を探してたんだけど、あんた、評判悪いのね。出資金がなくなると弱そうなやつから金を巻きあげてるそうじゃない。今日はそのばちが当たったと思うのね」

女が出崎に背を向けた。次第に小さくなっていくヒールの足音を、出崎はどうすることもできず聞いているしかなかった。

出崎からユウジの話を聞いた涼子は、急いで携帯から貴山に電話をかけた。涼子からの電話を待っていたのか、貴山はすぐに出た。事情を説明し、パチスロ店に出入りしていた「ユウジ」という男を探し出してほしいと頼む。出崎から聞き出した特徴を一方的に伝えて電話を切ると、通りかかったタクシーへ乗り込んだ。

事務所に戻ると、崩れ落ちるように来客用のソファに腰を下ろした。机で仕事をしている貴山に言う。

「なんか、しゃきっとするのを淹れてちょうだい」

貴山はパソコンの画面を見ながら訊ねる。

「アルコールは、ないほうがいいですか？」

「少し入れて。夜風にあたって身体が冷えちゃった」

貴山は椅子から立ち上がり、部屋の奥にある給湯室へ入っていった。しばらくして戻ってきた貴山は、涼子の目の前にティーカップと小さなプレートを置いた。

「アールグレイにブランデーを少し入れました。それは生姜《しょうが》の砂糖漬けです」

紅茶と酒の組み合わせは、バランスが大事だ。どちらかが主張しすぎると、双方の美味しさがなくなってしまう。貴山が淹れたものは絶品だった。

貴山は涼子の向かいに腰を下ろすと、自分の携帯を涼子に差し出した。

「これが、涼子さんが言っていたユウジです」

画面にはひとりの男が写っていた。シャンパングラスを手に、女性と肩を組んで笑っている。赤い髪にたくさんのピアス。丸い目と下がった目じりが相手に幼い印象を与える。年上からもてそうだ。貴山が画像の説明をする。

「本名、堂本勇二《どうもとゆうじ》。その画像はユウジが働いていたホストクラブで撮ったものです。店の名前は『トップアクアス』。一年ほど働きましたが、店側と金で揉めて一ヵ月前に辞めています」

「ほかには？」

訊ねる涼子を、貴山が睨んだ。

「あなたから、パチスロ店に出入りしていたユウジという男を調べてくれって電話が入ってから、まだ三十分しか経ってないいんですよ。いろんな人脈を使ってここまでたどり着いただけでも充分だと思いますが」

涼子は慌てて、貴山の機嫌をとった。

「もちろんよ。こんなこと貴山にしかできない。ただ、ちょっと焦っちゃって」

素直に謝られて、貴山も溜飲が下がったのだろう。表情をもとに戻し、言葉を続けた。

「いまの時点では、香奈江とどんな接点があるのかわかりません。まあ、もう少し調べればすぐにわかると思いますが、急ぎとなると人を使わなければならないから、経費がかかります」

「クリーニングと一緒ね。通常仕上げと特急仕上げでは料金が倍くらい違う」

「どうしますか？」

涼子は考えた。香奈江には一週間で解決すると約束した。出崎を探し出すまでに二日かかったから、あと五日しかない。ケチな香奈江のことだ。ここで経費を惜しんで期日を延ばしたら、契約違反だからと依頼料を値切ってくるかもしれない。そうなったら元も子もない。

涼子は決断した。

「多少の経費がかかっても、時間を優先するわ」

「了解です」

貴山がソファから立ち上がり、事務所を出ていく。涼子は残った紅茶を一気に飲み干し、改めて気合を入れた。

四

ハイボールを飲み干すと、奈美《なみ》は大きなため息を吐いた。隣にいたタクミが急いでおかわりを作る。

「奈美さん、今日はピッチ速いっすね。俺もおかわりいいっすか?」

冷めた目でタクミを見ながら、奈美は文句を言った。

「いいけどさあ、飲んだ分、ちゃんと楽しませてよ」

タクミが大げさに驚く。

「ええ、俺、面白くないっすか?」

「ぜんぜん」

「ひどいなあ。でも、その毒を吐くところが好きなんですよ。俺、Mだから」

ヘラヘラ笑いながら、タクミは新しいハイボールを奈美と自分の前に置いた。

タクミは顔はいいが、話が面白くない。はじめてホストクラブに遊びに来た客ならいいが、こっちは十年近く通っているベテランだ。大手企業の役員秘書といえば聞こえはいいけれど、やっていることは簡単な事務作業とお茶出し、役員たちの機嫌取りだからストレスがたまる。

給料のほとんどは、ホストに消える。お金さえ払えば、ここではちやほやしてくれるし、みんな自分の味方をしてくれる。こっちは高い料金を払ってストレスを発散しに来るのだから、レベルが高い男を求めるのは当然だ。

そこを言うなら、このあいだ辞めてしまったユウジはよかった。顔がいいだけではなく、話術が巧みで面白がらせてくれた。

ユウジのことを思い出したら、タクミがますますつまらなく思えてきた。チェンジしてもらおうと思ったとき、別なホストがテーブルの前に立った。見たことがない顔だ。おそらく新顔だろう。華やかさはないが、端正な顔立ちをしている。

「いらっしゃいませ、レンです」

挨拶のあと、レンはタクミになにかを耳打ちした。タクミが席を離れ、かわりにレンがつく。おそらく店長から交代を命じられたのだ。タクミがソファから立ちあがるとき、一瞬、苦い顔をしたのを奈美は見逃さなかった。

「私もいただいていいですか」

レンが訊ねる。

「ええ、いいわよ。ほかのがよかったら、好きなのを頼んで」

「同じものをいただきます」

図々しくないところがいい。

「ねえ、いつからここで働いているの？」

「今日は手伝いです」

「いつもはどこのお店？」

レンはなにも言わず、自分のグラスを手に持ち、奈美に向かって差し出した。

「いただきます」

顔、言葉遣い、礼儀、仕草、ここまでは合格だ。ほかはどうだろう。奈美は品定めをするように、レンにいろいろな話題を振った。レンはファッション、食事、映画、スポーツ、どのジャンルの話にもついてきた。むしろ、奈美が知らないことまで知っている。

酒が進み酔いが回った頃には、すっかりレンが気に入っていた。整った横顔に見とれながらつぶやく。

「あなたのこと気に入った。これから指名するね」

レンは奈美に訊ねた。

「ユウジと、どっちが気に入りましたか？」

思いがけない名前が出てきて、奈美は驚いた。

「ユウジを知ってるの？」

「ちょっと小耳にはさんで。ユウジってどんな人ですか？」

前に指名していたホストを気にするなんて、もしかして、妬《や》いているのだろうか。

そう考えると、奈美は気分がよくなった。恋愛と名のつくものは、現実だろうが疑似だろうが駆け引きが楽しいのだ。奈美はレンの気を引くために、少しもったいぶって答えた。

「そうねえ、ユウジもいい男だったわよ。レンとは逆のタイプでね。あなたを優等生に喩《たと》えるとしたら、ユウジは不良かな。どっちも違う魅力があるよね」

「お店でもかなり人気があったでしょう」

奈美は頷いた。

「指名してもなかなか回ってこないくらい。ひと月で相当な売り上げがあったんじゃないかな」

「かなり入れ込んでいたお客さんも、いたでしょうね。奈美さんも、そのひとり？」

ふふ、と笑い、奈美はレンの機嫌を取った。

「違うとは言わないけれど、そんなでもないかな。私よりもっと夢中になってた人もいたよ。来るたびにドンペリ入れてた。大抵ゴールド、もっと高いプラチナのときもあった」

「一晩で百万超えコースですね。そんなに羽振りがいいなんて、個人経営者とか社長夫人とかでしょうか」

言われて、その客の記憶を辿る。本人は高いブランド品のバッグやジュエリーをつけているわけではなく、服装も客のなかでは地味なほうだった。顔立ちも美人と呼ばれる部類ではなく、華やかなオーラもなかった。奈美はレンの推測を否定した。

「違うと思う。もっと普通だったもの」

レンがひと目を気にするように、あたりをざっと見渡した。そして、奈美に息がかかるほど身を寄せる。

奈美の心臓が大きく跳ねた。ホストとのこのぐらい近い距離は慣れっこなのに、レンだと勝手が違う。きっと、彼が纏《まと》っているミステリアスな空気に酔っているのだろう。

レンが自分が着ているジャケットの胸ポケットから携帯を取り出した。

「奈美さんに、見てほしいものがあるんですが」

さらに動悸が速くなる。もしかして、レンの秘密の画像だろうか。

「な、なに?」

ドキドキしながら訊ねると、レンは携帯の画面をそっと奈美に見せた。見た瞬間、奈美は眉根を寄せた。画面には、ひとりの女が写っていた。期待させておいて、ほかの女の画像を見せるなど失礼にもほどがある。奈美はレンから身を離し、きつい目で睨んだ。

「なによこれ」

レンは再び奈美に身を寄せ、画像を見せてくる。

「この女性に、見覚えはありませんか?」

「この女、レンのなんなの?」

レンは明るく笑った。

「私とは関係ありません。知り合いのホストが、このお客さんがツケをしたまま連絡が取れなくなって困ってるんです。それで、ちょっと探してほしいって言われて」

酒の席での話など信用できない。しかし、本当でも嘘でも、レンが探しているというだけでどんな女か気になった。

「よく見せて」

携帯を受け取り、目を凝らしてよく見る。歳は三十代半ばの自分と同じくらいか、もう少しうえだろうか。ジャージのトレーナーにジーパンで、パチスロを打っている。冴えない女だ。知らない——そう言って携帯を返そうとしたとき、はっと思い出した。もう一度、画像を見る。やはりそうだ。

「知ってる！」

奈美は携帯の画面を、レンから見えるようにかざした。

画像だと化粧をしてないから最初はわからなかったが、この嫌な目つきで思い出した。

「さっき話してた、ユウジに入れ込んでた客よ」

「間違いないですか？」

奈美は改めて、画像を見る。すっぴんの女に濃い化粧をさせると、間違いなくあの女だった。

レンに携帯を返しながら答える。

「間違いない、この女よ」

レンは携帯を受け取り、ジャケットに戻す。

奈美を見つめて、レンは訊ねた。

「もう少し、この女性とユウジについて教えてもらえませんか」

「それはいいけど――」

　そこまで言って、奈美は人の目が気になった。あたりを見渡し、誰もこちらを気にしてないことを確かめて、レンに小声で言う。

「いろいろ訳ありだろうけど、そのふたりには関わらないほうがいいわよ」

「どうしてですか？」

　奈美はさらに声を潜める。

「質《たち》が悪いから」

「変な趣味を持っているとか？」

　レンが軽い口調で笑いながら言う。奈美は思わず噴き出した。

「そんなんじゃないわよ。まあ、持っていたとしても、私は外で会ったことないからそんなこと知らないけれど」

「ユウジはお気に入りだったんでしょう？」

　奈美は失笑した。

「それとこれとは別。お店で遊ぶ分にはいいけど、個人的に付き合いたいなんて思ったことない。この世界って狭いから、なにかあるとすぐ耳に入ってくるじゃない。ユウジに関しては、いい話はまったく聞こえてこなかった。むしろその逆。店ではいい顔してるけど、一歩外に出ると短気で手が早いとか、女癖が悪いとか、金に汚いとか、そんなことばっかり。この店を辞めたのも、ほかのスタッフのお客さんと寝たからだとか、店のお金に手を出したからだとか、ひどいものよ」

「女性のほうは？」

奈美は首をひねった。

「そっちは店で見かけただけだし、ユウジから聞いた話でしか知らない。でも、その話が本当だったら相当ヤバイよ」

「どんな風に？」

「あのね――」

そこまで言って、奈美ははっと我に返った。レンのいい声と心地いい話し方で、つい話し過ぎてしまった。この世界は狭くなにかあるとすぐ人の耳に入るというのは、翻《ひるがえ》って自分にも当てはまる。嘘か本当かはさておき、あまりおしゃべりが過ぎると、とばっちりを食う羽目になるかもしれない。君子危うきに近寄らず、だ。

奈美はハイボールを飲み干し、レンに空のグラスを渡した。

「なんだったかな、忘れちゃった。それより新しいのを作って。レンも飲んでよ」

レンは探るような目で奈美を見ていたが、やがて新しいハイボールを作り、グラスを奈美に差し出した。

奈美が受け取ろうとしたとき、レンが奈美の手を握った。驚いて身を引く。

「ちょっと、なにすんのよ」

レンは奈美の身体を引き寄せて、握っている手にグラスを持たせた。

「かなり酔っているみたいで、手元が危なかったから。グラスを落とさないでくださいね。怪我をしたら大変です」

レンが手を離す。

奈美は自分の気持ちが、ぐらりと揺れたことに気づいた。距離を縮めてきたかと思ったら、すっと離れる。追われれば逃げたくなるし、相手が逃げれば追いかけたくなるのが人の心理だ。

レンが自分の分のハイボールを作ると、奈美はそのグラスに手を伸ばした。さきほどレンが自分にしたように、レンの手を取りグラスを握らせる。

「さっきのお礼。レンも酔ってるようだから、しっかり持ってね」

レンが微笑む。

「奈美さん、優しいですね。ところで、さっきの話の続きですが――」

うっとりしながら、奈美はレンの話に耳を傾けた。


事務所で貴山から報告を受けた涼子は、驚きの声をあげた。

「それ、本当なの?」

貴山がタキシードジャケットを脱ぎながら、ぶっきらぼうに答える。

「はっきりしたことは調べないとわかりませんが、かなり信憑《しんぴょう》性は高いと思います。香奈江と安生の結婚、香奈江の出産、離婚、安生の起業、香奈江とユウジが知り合った時期、そのほかいろいろな事柄を時系列で並べると、あり得ない話じゃない」

涼子はソファのうえで、額に手をあてた。

「私からすれば、考えられないけれどもね。到底、倫理的にあり得ない」

「世の中、あり得ない出来事で溢《あふ》れているんです——ああ、これは簡単に取れないな。あの女、香水つけすぎなんだよ。抱き着いたりするから、匂いがついちゃったじゃないか」

貴山は窓を開けて、脱いだジャケットを外に出し、ほこりを落とすようにばさばさと振った。その背中を見ながら、涼子は言う。

「かなり稼いだらしいじゃない。店のオーナーがスタッフに欲しがっていたわよ」

貴山はジャケットを振りながら、愚痴を口にする。

「あのオーナー、依頼のためにひと晩だけ店に入らせてほしいって頼んだとき、嫌な顔していたじゃないですか。『涼子さんに恩があるから仕方がないけど、バイト料はでないよ』って言ってたのに、金になると思ったらコロッと手のひら返しやがって。調子がよすぎなんだよ」

必死にジャケットを振り回している貴山がおかしくて、涼子はついからかった。

「女の移り香なんて、男冥利に尽きるんじゃないの?」

面白がる涼子を、貴山が睨んだ。

「なにを言っているんですか。動物は人工的な匂いが苦手なんです。なかには具合が悪くなってしまう子もいる。マロになにかあったら大変だ」

涼子はソファの背もたれに身を預け、重い息を吐いた。

「それにしても、困ったことになったわね」

「なにがですか?」

察しが悪い貴山に苛立ち、強い口調で言い返した。

「さっきの話よ。香奈江の息子が、安生の子供じゃないかもしれないって話」

店から事務所に戻った貴山は、ユウジの客だった奈美という女から仕入れた情報を涼子に報告した。

「ユウジって男、金と女に相当だらしがないのね」

涼子の言葉を、貴山が補足する。

「あの界隈での評判も、よくなかったです。でも、本人は周りにどう言われようと、関係なかったようですね。いかに楽に生きるかしか考えていなかったそうです」

涼子はさきほど貴山から受けた報告の内容を、頭のなかで整理した。

奈美は店にいくと必ずユウジを指名していた。その日もユウジが席につくとシャンパンを入れて飲みはじめたが、いつもと様子が違う。

ユウジは金の話が好きだった。酒の席ではいつも金がらみの会話になる。それなのに、この日は金の話をせず、上機嫌で酒を飲んでいた。

不思議に思った奈美が、なにかいいことあったのか、と訊くとユウジは、奈美さんには世話になっているから特別に、と話しはじめた。

ユウジは周りの目を気にしながら、金になるネタを摑んだ、と奈美に教えた。ユウジの話によると、自分の客にバツイチの女がいる。その女の元夫は離婚したあと起業したが、いま事業が波に乗りかなり業績がいい。おそらく近いうちに上場するだろう、とのことだった。

ふたりのあいだには子供がひとりいたが、別れるときに親権は元夫が持っていった。元夫が親権を欲しがったからだった。

子供を手放したくなかったんじゃないのか、とユウジが訊くと女は、昔から子供が好きではなく、それは我が子でも同じで愛情を持てなかった。相手が親権を要求したときはほっとした。もし、親権を欲しがらなかったら、自分のところに来るより元夫と暮らす方が育児の環境が整っていることを理由に、押し付けるつもりでいた。子供との定期的な面会も求めなかったから、離婚してから子供に会ったことはない、と答えた。

その話を聞いたユウジは、子供とはいい関係性を築いていたほうがいい、と提案した。元夫は他人だが、我が子は親権に関係なく親子だ。元夫に万が一のことがあれば、父親の財産を子供が相続する。子供と仲良くしていれば、そのおこぼれにあずかれるかもしれない、と言った。

ユウジは半分冗談のつもりだったが、女は真剣に考えはじめた。そっか、それなら子供と仲良くしてたほうがいいね、いまからでも間に合うかな、と真面目な顔で言う。しかし、女はなにかに気づいたように、肩を落とした。

どうしたのか、とユウジが訊くと、女はまわりに誰もいないことを確かめて、ユウジの耳元に口を寄せた。小さな声で、子供は元夫の子供ではない、と言う。

女は昔から惚れっぽい性格でいい男がいるとつい同時並行で付き合ってしまう。それは、結婚してからも変わらなかった。

元夫はかなり年上だがいい男だし、なにより金まわりがよかった。そろそろ身を固めなければ、と思っていたときに出逢い、したたかに近寄り結婚に漕ぎつけた。自分でも結婚したら大人しくなろうと思っていたらしいが、結婚生活が落ち着くと元来の男癖の悪さが蘇《よみがえ》り、飲みに出掛けてチャンスがあれば男をつまみ食いしていた、という。

そんな暮らしが長続きするはずはなく、ほどなく元夫に浮気がばれた。これはまずい、と思い女は必死に言い訳をしたが、元夫が出した答えは離婚だった。

子供の親権は最初から元夫が、自分が持つ、と主張してきた。元夫の、離婚する決意は変わらない、とわかった女は親権を争わなかった。その理由を元夫には、自分だけの収入で子供を満足に育てられる自信がないから、と伝えたがそれは表向きの理由で、本当は自分が引き取ろうと思うほど子供に愛情を感じていなかったからだった。

そこまで話した女は、怯えた顔でユウジを見た。

もし、元夫が自分の子供ではないと知ったらどうしよう。財産を相続するどころか、子供を家から追い出すかもしれない。そうなったら子供は一円も持たずに自分のところに来ることになる。どうしよう、と項垂《うなだ》れた。

「そこで引き下がらないところが、ユウジの質の悪さね」

涼子がつぶやくと、貴山はジャケットの匂いを嗅ぎながら、吐き捨てるように言った。

「それは女も同じです。ユウジの話に乗ったんですから」

話を聞いたユウジは、一計を案じた。頭に浮かんだ企みを、女にそっと伝える。元夫が疑いを持つ前に、子供を取り戻せばいい。このままだと、なにかのきっかけで自分の子なのかどうか疑いを持つかもしれない。ＤＮＡの検査をされたら事実がバレてしまう。いまのうちに子供を引き取って元夫から引き離せばその心配はない。元夫が自分の子供であると信じたままであれば、いざというとき遺産は問題なく子供が受け取れる。

それを聞いた女は、複雑な顔をした。遺産のおこぼれにはあずかりたいが、いざというときがいつになるのかわからない。元夫はいま六十代半ば。日本人の平均寿命を当てはめると、あと二十年弱は生きることになる。さほど愛情がない子供を育てながら、いつになるのかわからないそのときを待つなど、そんな気の遠くなるような話は考えられない、と言う。

それまでにやついていたユウジは、顔から笑みを消し、女に言った。死ぬのが待てないなら待たなくていいようにすればいい。女はぎょっとして、ユウジの顔を見た。元夫の会社はまだまだ大きくなる。元夫に真実を知られる前に子供を引き取り、会社がいまより大きくなったときに、「いざ」というときが来れば、かなりの財産が手に入る。

女が、どうやって「いざ」というときを作るのか、と訊ねた。ユウジは、そんなのは簡単だ、金のためなら汚れ仕事をする人間はいくらでもいる、と答えたという。

真顔で物騒なことを言うユウジに、奈美は怖くなった。それが顔に出ていたのだろう。ユウジは、冗談冗談、と言いながら破顔したが、目は笑っていなかった。ユウジが店を辞めたのは、奈美がその話を聞いた一ヵ月後だった。

「それで、あなたはその女が香奈江だっていうのね？」

やっと匂いが取れたのだろう。貴山はジャケットを自分の椅子の背に掛けて、開けていた窓を閉めた。

「店長に、香奈江の画像を見せて確認を取りました。奈美が言っていた女は、間違いなく香奈江です。ところで、安生のほうはどうでしたか」

貴山が店で情報を仕入れているあいだ、涼子は安生と子供の周辺を調べていた。

安生のかつての知人、仕事の取引先、子供の家庭教師、小学校のクラスメイトの伯母などになりすまし、周囲の人間からふたりの様子を探った。

「結論からいえば、ふたりはいい父子ね。安生は休みの日は必ず子供と一緒に過ごしている。子供が好きなサッカーチームの応援に行ったり、旅行に行ったり。子供が通っている小学校でも、とても子供を大事にしているいい父親って評判だった。子供も父親が大好きね。学校の先生や友達に、お父さんが大好きだってしょっちゅう言っているらしいし、このあいだ宿題で出された、将来の夢をテーマにした作文では、大きくなったらお父さんのような立派な人間になりたいって書いてたって。実の父子以上に仲はいいみたい」

「安生に女はいないんですか?」

涼子は首を横に振った。

「いい男だから私もてっきり付き合っている女がいるんだろうなって思ったの。場合によっては、子供の義母になるかもしれない人がいるのかなって。でも、まったく出てこなかった。世話好きの知人が女性を紹介しようとしたこともあったらしいんだけど、子供がいればなにもいらないって断ったんだって」

涼子は、ぐったりとして天井を仰いだ。

「ああ、まいったなあ」

「なにがですか?」

貴山にしてはめずらしく鈍い。涼子はきつい口調で言った。

「なにがって、この依頼に決まってるでしょう。引き受けたときは、こんな難しい依頼だって思わなかった」

貴山が意外そうな顔で言い返す。

「なにも難しくないじゃないですか。むしろ簡単です。安生に本当のことを言えばいいだけですから。自分の子供じゃないとわかればすぐに親権を手放して、親子関係不存在確認訴訟を起こすでしょう。そして、子供を戸籍から抜く。香奈江とユウジのところに金は入らない。めでたしめでたし、です」

「なにもめでたくない!」

涼子は強い口調で言い返した。ケージのなかのマロが驚き、びくりとして涼子のほうを見る。

貴山は厳しい目で涼子を見つめた。涼子は言葉を続ける。

「本当のことを知って、誰が幸せになるの?　子供が苦しむだけじゃない」

貴山が冷たい声で言う。

「じゃあ、この依頼は未解決ということにするんですか?　報酬どころか違約金を支払うことになるかもしれない。上水流エージェンシーの信用もがた落ちです」

「そんなことわかってる。だから、未解決にはできない。でも、私たちが本当のことを言わなければ、子供は幸せでいられるのよ」

貴山は涼子の真意を探るようにじっと見ていたが、やがてマロのケージのそばへ行き、扉を開けた。

「情に流されるなんて、あなたらしくもない。どうしたんですか」

マロが嬉しそうに、ケージから出てくる。貴山に抱かれて喉を鳴らしているマロを、涼子は見つめた。

「大人はどうなってもいい。安生は本当のことを知ったら傷つくだろうけれど、それは大人同士の問題だから。でも、子供にはなんにも関係ないのよ。自分の意思とは関係なくこの世に生まれて、大人の勝手な事情でこんなことになって、せっかく幸せに暮らしているのにその生活が奪われようとしている。不条理すぎるわ」

「世の中、すべてが不条理です」

「だから、そんなことわかってるってば！」

涼子の歳になって、この世の中は正義が勝つ、と思っているおめでたい人間がどれほどいるのか。ほとんどの人間が、この世の中は不平等で、理不尽で、不条理だとわかっている。だからこそ、いまある幸せな時間をこの手で壊したくない。

貴山はマロの頭を、優しく撫でた。

「あなたの気持ちはわかります。たしかに、世の中には知らないほうがいいことがある。でも、知ってしまったら、なかったことにはできません」

部屋に沈黙が広がる。

マロがかすれた声で、小さく鳴いた。貴山が涼子の向かいのソファに座る。

「仮に、ここで私たちが手を引いたとしましょう。安生にはなにも伝えず、香奈江には親権は取り戻せなかったと報告する。たしかにいまは、なにもなくやり過ごすことはできます。でも、これから先、どうなるかはわかりません。別な形で、安生や子供が真実を知ることになるかもしれない」

マロは貴山の膝のうえで、くつろぎながら身づくろいをはじめた。その姿を見ながら、涼子は言う。

「仮説の話をしたらきりがない。それを言いはじめたら、明日のことすらわからないわよ」

貴山は頷きながらも、反論する。

「日常においてはそうでしょう。明日の仮説より、今日を過ごすことだけで精一杯の人が大半ですからね。でも、金をもらって依頼を請け負っている私たちは、そうであってはならない。こうだったら、ああだったらと、想像力を駆使して、依頼解決に全力を注ぐべきです。情に流されて、想像することを放棄してはいけません」

涼子は返す言葉に詰まった。貴山が言うことはもっともだ。ビジネスに私情を挟むべきではない。そう思う一方で、割り切れない自分がいた。

視線をしたに落としたまま黙っている涼子に、貴山は穏やかな声で言う。

「真実を伝えたから、なにかが壊れるとは限りません」

涼子が顔をあげると同時に、マロがタイミングよく鳴いた。貴山が微笑む。

「ほら、マロもそうだと言っています」

強引なこじつけに、涼子は苦笑した。前かがみの姿勢で、マロのほうへ身を乗り出す。

「あなたは貴山の、優秀な助手ね」

涼子は貴山に鋭い目を向けた。

「安生と会える場所は、どこ?」

貴山が即答する。

「正攻法でいっても、門前払いされるのは目に見えています。安生が必ず立ち寄る場所で待ち伏せるのが、確実に会える方法でしょう」

安生が必ず立ち寄る場所――涼子はすぐに思いついた。

「子供が通っている塾――」

安生を調べているなかで、息子の直人が週に三日、学習塾に通っていることがわかった。名前は『コーチ個別アカデミー』。月、水、金曜日に、学校が終わったあとバスで塾へ行っている。帰りは安生が車で迎えに行っていた。

「安生の都合が悪いときは、契約している家事代行サービスのスタッフに頼むこともあるけれど、ほぼ、会社帰りに安生が塾に立ち寄って一緒に帰っているの」

貴山はシャツの胸ポケットから、自分の携帯を取り出した。画面を見ながら言う。

「その塾は商業ビルのなかにあるんですね。おそらく車は、そのビルの駐車場に停めているんだろうな」

「今日は木曜日。明日、安生がなにかの用事で都合が悪くならない限り、そこに張っていれば安生に会える」

貴山がマロを抱いたまま、勢いよく立ち上がった。

「善は急げ、です。明日、張り込みましょう」

これから自分たちがすることが善だとは思わない。むしろ悪だと思う。でも、貴山の言うとおり、請け負ったからには責任をもって問題解決に全力を注がなければいけない。ただ、都合がいい話だが、最悪の結果にだけはならないでほしいと願う。

涼子は腹を括り、貴山に向かって頷いた。

五

『コーチ個別アカデミー』が入っている商業ビルは、地下の一階と二階が駐車場になっていた。

涼子は地下一階の駐車場に車を停め、助手席で貴山の連絡を待つ。貴山は駐車場の入り口を張っていた。安生の車が入ってきたら、涼子に連絡が入ることになっている。

ビルに入っているテナントは、ほとんどが金融やＩＴといった社員が働くジャンルの企業で、飲食店やアパレルショップといった販売店は少なかった。そのせいか、就業時間を過ぎたこの時間は、駐車場に停まっている車は少なく、ひと気もなかった。

薄闇のなか、車内で涼子が貴山からの連絡をじっと待っていると、運転席の横に置いていた携帯が震えた。画面に貴山の文字が表示されている。

「来た？」

携帯に出ると、涼子は前置きもせずに訊ねた。携帯の向こうで、貴山が答える。

「いま駐車場の入り口を通過しました」

涼子は電話を切り、少し離れたところにあるカーブに目を凝らした。地下一階と二階の分岐点だ。車がそのカーブを通過すれば地下の二階、こちらに向かってくれば涼子がいる地下一階に安生は車を停める。

車のライトでカーブが照らされ、車が一台、涼子がいるほうへやってきた。白のセダンは涼子の前を通り過ぎ、少し先のスペースに停まった。

運転席から男がひとり降りてきた。安生だ。

涼子は車から降り、歩いてきた安生へ声をかけた。

「安生健吾さん、ですね」

いきなり呼び止められた安生は、一瞬、びくりとしたが、足を止めて冷静な口調で訊き返してきた。

「あなたは？」

「私は上水流エージェンシーの上水流涼子と言います。依頼人が抱えている問題を解決する仕事をしています」

安生は見下すような目を、涼子に向けた。

「浮気調査を得意とする興信所の類ですね。あいにく、独り身の私には関係のない話だよ」

「ええ、安生さんが独身であることは存じています。六年前に離婚して、いま九歳の息子さんと暮らしていらっしゃることも」

安生が眉根を寄せる。

「いったい、依頼人は誰だ。私を調べている目的はなんだ」

「依頼人は、元奥様です」

「香奈江が――」

安生の顔色が変わる。険しい表情になり、涼子に背を向けた。

「私は香奈江とはもう一切関係ない」

立ち去ろうとする安生の前に、駆け付けた貴山が立ちはだかった。

「あなたとは関係ないかもしれませんが、息子さんはそうではありません」

安生の顔が、鬼のそれになる。涼子を振り返り、恐ろしい顔で睨んだ。

「こいつもお前の仲間か」

涼子は安生の目をまっすぐに見ながら答える。

「あなたの後ろにいる者は、私の秘書兼助手で貴山と言います。依頼人は、あなたが持っている直人くんの親権を取り戻したいと願っています。それで、私たちに依頼してきました」

安生は嘲《あざけ》るように笑った。

「少し前に、香奈江から連絡があった。なにも話すことはないから秘書を通じて断ったが、まさか興信所を使ってまで親権を取り戻しにくるとは思わなかった」

安生は涼子と貴山を交互に見た。

「香奈江がどれくらいの依頼料を提示したのかわからないが、君たちもついてないな。大方、私の弱みを握って親権を手放せと脅そうとでも思ったんだろうが、私にはなにもやましいところはない。仮に私に弱みがあり脅されたとしても、私は直人の親権を手放すつもりはない。悪いが今回、君たちはただ働きだ」

安生は踵を返し、貴山の後ろにある出入口に向かって歩きだそうとした。しかし、貴山が行く手を阻む。

安生は貴山をひと睨みしたあと、顔だけ振り返り涼子を見た。

「私はこれから息子を迎えに行くんだ。あんまりしつこいと警察を呼ぶぞ」

ジャケットのポケットから携帯を取り出し、安生が涼子にかざす。

涼子は落ち着いた声で、安生に言った。

「その息子さんが、息子さんでなかったとしたら、あなたはどうしますか」

言葉の意味がわからない、というように、安生はかすかに首を傾げた。涼子は覚悟を決めて伝える。

「直人くんは、あなたの子供ではありません」

安生が目を見開き、その場に立ち尽くす。

「直人くんのＤＮＡの検査をすればわかります」

「まさかお前たち、勝手に――」

「いいえ」

涼子は首を左右に振った。

「なにかしらの方法を使って、直人くんのＤＮＡを調べることもできますが、それはしていません。そんなことをしなくても、結果はわかっています。あなたや依頼人の周辺を調べて、直人くんはあなたの子供ではないと確信しました」

涼子は安生に一歩、近づいた。

「それでも、あなたは直人くんの父親であり続けることができますか」

安生は逆に涼子に訊ねた。

「依頼するときに、香奈江は私と別れた理由をなんて言っていた」

涼子の代わりに貴山が答える。

「あなたが急に冷たくなり、別れを切り出された。関係性を修復しようとしたけれど、あなたの気持ちは変わらず、あきらめて離婚した、そう聞きました」

安生が鼻で笑う。

「そうか」

「反論でも？」

涼子が訊くと、安生は肯定とも否定ともとれる返答をした。

「事実はそうだ」

「敢えて『は』と強調するということは、そうではない部分があると？」

安生が涼子を見据えた。

「いつの世も、事実と真実は違う。でも、私は真実を話すつもりはない。話はこれで終わりだ。これ以上しつこいと、本当に警察を――」

そこまで安生が言ったとき、続く言葉を貴山が遮った。

「私たちは、依頼人の言葉をそのまま受け取ってはいません。あなたが言う真実は、別にあると思っています。安生さんが冷たくなり離婚を切り出した理由は、想像がつきます。ひと言でいうなら相手の素行不良です」

貴山が離婚の理由を、香奈江のギャンブルと男が好きでだらしない女だったから、と言わないのは、どのような理由があっても安生にとっては一度は好きになった相手だからだろう。

安生は冷たく言い放つ。

「別れた理由なんかどうでもいい。香奈江に言いたいことは、直人の親権は絶対に譲らない、それだけだ。さあ、もう帰ってくれ」

歩き出そうとする安生に、涼子はなおも訊ねた。

「あなたにもしものことがあったとき、他人の子供が財産を相続することになってもいいんですか」

安生は足を止めて、涼子を冷たい目で見た。

「それが、別れるときに放棄したあいつが、いまになって直人の親権を欲しがる理由か」

涼子はなにも答えなかった。否定しないことが、答えだった。

安生はきっぱりと言う。

「どうせ、いまの男に唆《そそのか》されたんだろう。親権を手に入れたら、私の死を待てなくて、殺しにくるかもしれないな。あの女ならやりかねない。いくら実母とはいえ、そんな人間に直人は渡せない。このあとすぐに後見人を考えよう」

安生が歩き出す。その背に涼子は叫んだ。

「我が子として育ててきた息子さんが他人の子だなんて、信じたくない気持ちはわかります。でも、いま目を背けていいんですか」

安生は足を止めない。歩きながら答える。

「私は直人の父親だ」

「直人くんの人生にかかわることです。目の前の問題から逃げても、必ずあとで向き合わなければならない日が来る。そのときに、後悔しませんか。私が言うとおり、直人くんが自分の子供ではなかったとしても、父親だと言えますか」

食い下がる涼子に、安生は答えない。出入口に向かっていく。

涼子は安生に駆け寄ると、前に回り込んだ。安生が足を止める。涼子は安生に訴えた。

「お願いです。DNAの検査をしてください。現実を受け止めて、直人くんと新たな親子の絆を築いてください。お願いします」

気づくと頭を下げていた。大人がどれだけ傷つこうが、どうでもいい。でも、なんの罪もない子供が辛い思いをするのは耐えられなかった。

身体をふたつに折ったままでいると、やがて安生の穏やかな声がした。

「本当に、検査をする必要はないんだ」

「でも――」

顔をあげた涼子は、自分を見つめている安生の目に息をのんだ。その目には、迷いも怒りもなかった。あるのは強い決意と温かさだけだった。

「安生さん――直人くんが自分の子供じゃないって知っていたんですね」

涼子の問いに、安生は言葉で答えない。しかし、目がそうだと言っていた。

「いつから知っていたんですか」

「直人が生まれる前から」

涼子は耳を疑った。自分の子供ではないと知りながら、父親として育ててきたというのか。

安生は悲しそうに笑った。

「私は、子供ができないんだ」

結婚した翌年、香奈江は身ごもったが、安生は自分の子供だという確信が持てなかったという。

「香奈江がかなり年上の私と結婚した理由が、半分は経済的な安定であることはわかっていた。香奈江が男性に奔放なことは、香奈江と知り合った病院で耳にしていたし、自分を本当に愛してくれているかどうかは、なんとなく感じるものだ。香奈江は私を嫌ってはいないまでも、結婚を望むほど愛してはいないと気づいていた。ただ私ももう若くはないし、怪我で入院をして気が弱くなっていて、香奈江の積極的なアプローチを受け入れたんだ」

香奈江は、安生のほうからアプローチしてきたと言っていたが、それも違うらしい。しかし、涼子は言わなかった。どちらからであっても、いまとなってはそんなことはどうでもいい。

「結婚するまでは、香奈江も大人しくしていた。だが、結婚して安心したのか、少しすると従来の遊び癖が出てきて、昔の同僚と会うと言って出かけることが多くなった。念入りに化粧をして、肌の露出が多い洋服を着て出かけていく妻を、不審に思わない夫はいない。私も男を疑ったが、香奈江はまだ若く、歳を重ねれば遊びにも飽きるだろう。結婚生活に支障がなければそれでいい、くらいに思っていた」

そして、結婚した翌年に香奈江は妊娠をする。

安生は記憶を辿るように、遠くを見た。

「香奈江から妊娠を知らされたとき、私は不安になった。言い訳がましいが、私は特別、嫉妬深いわけじゃない。もしそうだったら、香奈江の夜遊びなど許していない。日頃のあいつを見ていれば、私だけではなく誰もが不安を抱いたはずだ」

続く言葉を、涼子が引き継いだ。

「そしてあなたは、自分の身体を調べた」

安生が頷く。

「待ってください」

横から貴山が口を挟んだ。

「どうして自分を調べたんですか。それより、本人を問い詰めるのが先でしょう」

安生がひと呼吸置き、貴山の問いに答える。

「結婚は一度だけだが、それまでに付き合った女性はいる。子供ができたら結婚しようと思った人も何人かいた。しかし、誰ともそのような縁はなかった。だが、香奈江の妊娠に疑惑を抱くまでは、いままで子供を授かる機会があったのにどうしてそうならなかったのか、という自分の身体に対する疑いはまったくなかった。私が愚かだったんだ。香奈江と結婚する前に身体を調べていれば、こんなことにはならなかったのに――」

車のエンジン音がして、駐車場に車が一台入ってきた。涼子たちがいる地下一階を通りすぎ、地下の二階へ降りていく。

再び静かになると、涼子は話を続けた。

「香奈江さんに、どうしてそのことを言わなかったんですか」

安生が涼子に怒りをぶつけてきた。

「何度も言おうとした。父親は誰なのか問い詰めようともした。だが、やめた。本当のことがわかったからといってどうなる。私に自分の子供が望めないことに変わりはなく、お腹の子供が不幸になるだけだ。そして、私は直人を自分の子供として育てることにした」

口では簡単に言えるが、かなりの葛藤があったはずだ。安生が決意できた理由はなにか。きっと心内が表情に出ていたのだろう。安生は涼子に言う。

「私もかなり悩んだ。ひとときの感情で決めてはいけない。本当に子供の一生を背負っていけるのか、と自分で自分に何度も訊いた」

安生は身体から力を抜くように、ふっと息を吐いた。

「おふたりはまだ若いからわからないかもしれないが、年を重ねると命の誕生は無条件に尊く、死は哀しく思えるんだ。特に誕生は、自分は命を生み出せないと思うと、なおさらね。だから直人のことも、血の繋がりがなくても尊い命であることに変わりなく、むしろ子を望めない私に神様がくれた子供だと考えたんだ。そう思ったら迷いは消えた」

安生は涼子を、睨むように見据えた。

「もう一度だけ言う。直人は私の子だ。香奈江に親権は渡さない」

自分をまっすぐに見る目に、嘘はない。本当に直人を我が子として育てていくつもりなのだ。

涼子は腕を組んで、うえを仰いだ。今回の依頼は失敗だ。五百万円は咽喉から手が出るほど欲しいが、ひとりの少年の一生に比べたら安いものだ。まして、そんなことをしてこれからずっと、わずかに残っている良心を責め続けるのも嫌だ。金ならまた稼げばいい。

ただ——。

涼子は目の端で貴山を見た。目的のためなら手段を択《えら》ばない貴山が、このまま引き下がるかわからない。貴山を見ていると、人間が持っている資質は、みな同じなのだと思う。誰もが百の能力を持っているとしたら、そのバランスが違うだけだ。例えば、運動能力が八十あるとしたら、音楽に関する能力は二十といった感じだ。

貴山の場合、頭脳はずば抜けて優れているが、感情の部分——特に人に対する情といったものが希薄で、冷淡なところがある。しかも、かすかに持っている情は、いますべてマロに注いでいる。見知らぬ少年の人生より、マロが快適に過ごせる環境を手に入れる方が大切だと思っている可能性は高い。どうしたら貴山を説得できるだろうか。

考え込んだ涼子に、安生が言う。

「私が絶対に親権を手放さないとわかっただろう。もう帰れ。そして、二度と目の前に現れるな」

安生が涼子たちに背を向ける。立ち去る安生を見送りながら、涼子は貴山に話しかけた。

「ねえ、貴山。今回の依頼は諦めたほうが——」

貴山を見た涼子は、そこから続く言葉を飲み込んだ。貴山は恐ろしい顔で安生の背を見つめていた。やはり、このまま引き下がるのをよしとしないらしい。涼子は貴山と向き合う形で、真正面に立った。

「あのね、やっぱり人ひとりの人生って、かなり重いと思うのよ。それが子供ならなおさら。給料の値上げは、ちゃんと考えてるから。今回の依頼がダメでも、近いうちにもっと大きな依頼があるって。ね、だから今回は——」

諦めよう、そう言いかけた涼子の耳に、子供の声が響いた。

「お父さん！」

振り返ると、駐車場の出入口に少年がいた。直人だ。背負ったリュックを揺らしながら、安生に駆け寄る。

「迎えに来るのが遅いから、探しに来たよ。なにしてたの」

安生が詫びる。

「ああ、悪い。ちょっと用事があって――」

直人が、涼子と貴山に気が付いた。安生に訊ねる。

「あの人たち、知り合い？」

安生が顔だけで、涼子たちを見た。自分たちに関わるな、さっさと立ち去れ、そう目が言っている。

「行こう、貴山」

涼子は無関係を装い、乗ってきた車に戻ろうとした。しかし、貴山はついてこなかった。それどころか、安生と直人のほうへ歩いていく。

「貴山！」

涼子は叫んだ。

「ちょっと、なにしてんのよ！」

貴山は立ち止まらない。まっすぐふたりに向かっていく。安生が、きょとんとしている直人の前に、背で庇うように立った。

涼子は貴山に駆け寄り、腕を摑んだ。力ずくで自分に引きつけ、声を潜めて言う。

「あんた、なに考えてんの。さっさと帰るわよ」

そう言ったあと、安生と直人に向き直り笑顔を作った。

「びっくりさせてごめんなさい。この人、どうやら人違いしたみたいで。それじゃあ、私たちはこれで」

涼子は貴山の腕を引っ張り、連れ去ろうとした。しかし、貴山は動こうとしない。逆に涼子を引きずるように、前に進む。

「ちょ、ちょっと貴山！　あんたいい加減に——」

貴山は安生の前に立つと、父親の背中から覗いている直人に話しかけた。

「安生さんの息子さんの、直人くんだね。僕はお父さんの知り合いだ。お父さんと会うのは久しぶりだから、ちょっと話し込んでしまった。待たせてごめんね」

馬鹿野郎。

涼子は、心で貴山を怒鳴りつけた。安生と知り合いだと言ってしまっては、引くに引けないではないか。いったい、なにを考えているのか。

涼子は安生の顔を見た。いまにも殴りつけそうな表情で貴山を睨んでいる。しかし、ここで言い合いをするわけにはいかないとわかっているらしく、仕方がないと言った様子で貴山に話を合わせてきた。

「ああ、これが息子の直人だ。いま聞いたとおり、君たちと話し込んでいて待たせてしまった。これで失礼するよ」

安生は敵から直人を守るように、肩に手を置き自分の脇にぴたりと寄せた。

踵を返し、停めてある車に向かって速足で歩いていく父親の態度から、なんとなくただならぬ空気を感じたのだろう。直人は歩きながら、戸惑った様子で涼子たちを振り返った。

涼子は引きつった笑顔で、バイバイ、と手を振った。本当は、これ以上貴山がなにかする前に早く立ち去ってくれ、という願いを込めて、同じ手を振るでも犬を追い払うような仕草をしたかったが、さすがにできなかった。

納得しないまでも、なにがどうなっているのかもわからず、どうしようもないと思ったのだろう。直人は後ろに向けていた顔を元に戻し、父親に従い車に向かって歩いていく。

涼子は身体から力が抜けた。とりあえず、この場はなんとかなった。自分たちもさっさと引き上げよう。事務所に戻り、あてにしていた五百万円をどう穴埋めするか考えなければならない。

涼子は元気のない声で、貴山に言う。

「ほら、私たちも引き上げるわよ」

そう言うと同時に、貴山が安生たちに向かって駆け出した。涼子はなにが起こったのか、わからなかった。

「安生さん、待ってください！」

そう叫んだ貴山の声に、我に返る。

「貴山、待ちなさい。貴山！」

急いで追いかけたが、遅かった。貴山は、呼ばれて振り返った安生と直人に追いつき、ふたりの正面に立った。

しつこい貴山に、安生は明らかな怒りを顔に浮かべた。

「いったいなんですか。さっき言ったでしょう。私は君たちのせいで息子を待たせてしまったんだ。これ以上は迷惑だ」

息子の手前、言葉を選び、精一杯、穏やかに伝えたつもりなのだろうが、声には強い怒気が含まれていた。

貴山は安生を無視して、隣にいる直人の前にしゃがみ、目の高さを合わせた。

「直人くん、君に訊きたいことがあるんだ」

「僕に？」

突然のことに、直人はもとから丸い目をさらに丸くした。

「おい、なにをするんだ！」

我慢の限界だったのだろう。直人の隣で安生が怒鳴った。

「直人、こいつらを相手にするな。帰るぞ」

安生は直人の腕をつかみ、強引に車へ連れて行こうとする。しかし、その手を直人が振り払った。

思いがけないことだったのだろう。安生は驚いた様子で直人を見た。

「僕に訊きたいことって、なに?」

直人が貴山に訊ねる。安生は、こんどは直人に叫んだ。

「お父さんの言うことが聞こえなかったのか。こいつらの話なんか聞かなくていい!」

直人も貴山と同じように、安生を無視した。貴山に言う。

「僕が知ってることなら、答えるよ」

息子をもう止められない、そう感じたのだろう。安生は貴山を見た。その顔には、いままで浮かんでいた怒りに代わり、懇願の色が浮かんでいた。縋《すが》りつくような目から、なにも言わず帰ってくれ——との心の叫びが伝わってくる。

涼子は貴山と直人を見つめながら、諦めの息を吐いた。直人は賢いようだ。言葉にしなくても、いまから貴山が訊ねることが、自分にとって重大な意味を持つことをわかっている。こうなっては、もう涼子も口をはさめない。成り行きを見守るしかない。

「直人くんは、カラカルって知ってるかな」

安生の眉根が寄る。カラカルを知らないのか、ここでなぜカラカルが出てくるのか不思議に思っているのか、きっとその両方だろう。

直人が首を傾げる。

「お菓子の名前?」

貴山が首を横に振る。

「僕が飼っている動物の種族。猫みたいだけど、もっと耳が長くて野性味があるんだ」

貴山は話を続ける。

「その子は、いろいろな事情で僕のところへ来たんだ」

「どんな事情？」

貴山が済まなそうに笑う。

「それは言えない。でもね、どんな事情かなんて、僕にはどうでもいいんだ。僕はそのカラカルのマロが可愛くて、大切で、なにがあっても守ると決めている」

そっか、と直人が言う。

「お兄ちゃんにとっては、家族と同じなんだね」

貴山は虚を突かれたようにはっとしたが、やがて優しい声で答えた。

「そう、僕にとっては家族だ。人間と猫では種族も違うし、生物学上のマロの父親と母親は別にいる。でも、僕はマロと一生家族だと思っている。そう思うのって、おかしいかな」

直人はすぐに答えた。

「おかしくなんかないよ。種族が違ったって、生物学上では親じゃなくても、お兄ちゃんがそう思っているなら家族だよ」

貴山は、これから重要なことを訊く、というような間を少し置き、直人の目をまっすぐに見つめた。

「じゃあ、マロはどう思う？　マロも同じように、血の繋がりのない僕を、家族と思ってくれるだろうか」

まわりの空気が、ぴりっと張り詰める。涼子もそうだが、安生もなぜ貴山がカラカルの話を持ち出したのか、理解したようだった。それは、直人もそうだった。貴山の問いの真意はわからなくても、とても大切なことを訊かれているとわかっているらしい。顔が怖いくらい真顔になっている。

直人は、自分の気持ちを確認するように一度目を閉じ、ゆっくりと開いた。貴山の目をまっすぐに見て答える。

「もちろん、マロもお兄ちゃんを、大切な家族だと思っているよ」

安生が息をのんだ。やがて感極まるように、直人を見つめながら口をきつく結んだ。

貴山が優しい笑みを、顔に浮かべる。

「よかった。嬉しいよ」

直人も笑う。

「そんなこと、当たり前だよ。お兄ちゃんの気持ちを、マロはちゃんとわかっているよ。ね、お父さん」

そう言って、直人は隣にいる安生を見た。同意を求められた安生が、恐る恐ると言った様子で直人に訊き返す。

「どうして、そう思うんだ?」

直人は少し怒ったように、口を尖らせた。

「理由なんかないよ。そういうのって、言葉にしなくても伝わるもん」

安生はなにかをこらえるような表情で黙っていたが、やがて口元に笑みを浮かべ直人の頭に手を置いた。

「そうか——そうだな」

直人を見つめる安生の目が、潤みを帯びているように見える。

しゃがんでいた貴山が、その場から立ち上がった。直人に礼を言う。

「安心した。ありがとう」

直人がにっこりと笑う。

貴山が隣にいる涼子を見た。

「お待たせしました。これで、すべての用事が終わりました。帰りましょう」

涼子は安生に軽く頭をさげ、踵を返した。速足で停めてある車に向かう。追いかけてきた貴山が、涼子に後ろから声をかけてきた。

「待ってください。そんなに急いでどうしたんですか。トイレですか」

安生と直人に声が聞こえないところまでやってくると、涼子は足を止めて後ろを振り返った。

急に止まった涼子に、貴山がぶつかりそうになる。慌てた様子で立ち止まり涼子に言った。

「急に止まらないでくださいよ。危ないじゃないですか」

涼子は腕を組んで怒鳴った。

「あなたにはデリカシーってもんがないの？」

貴山があきれたような顔をする。

「私の前で、はずかしがることないでしょう。そもそも生理現象をそんな風に思うことはありません。誰もが──」

「トイレのことじゃない！」

貴山は頭はいいが、人の感情を察する能力は欠けている。

涼子は貴山に詰め寄った。

「あなた、最初から安生さんは本当のことを知っているってわかってたのね。だから、安生さんに本当のことを伝えたほうがいいって言ったんでしょう。直人くんのこともそう。安生さんと直人くんの関係性を、マロとあなたの関係性に置き換えた質問に、血の繋がりはなくても親子だ、そう直人くんが答えるという確信があったから、わざわざ安生さんの前で訊いたんでしょう。そういうことは、最初に説明しといてよ。私ひとりではらはらして馬鹿みたいじゃない！」

貴山は落ち着いた様子で否定した。

「いいえ、私はなにも知りませんでした」

涼子は認めない貴山を睨んだ。

「私たちの約束ごと、覚えている？」

貴山が面倒そうに答える。

「忘れていませんよ。『ふたりのあいだで嘘はつかない』です」

涼子は人差し指で、貴山の胸をつついた。

「わかっているなら、いい。じゃあもう一回チャンスをあげるから正直に答えて。あなたは最初からすべて知っていた、そしてなにも知らずに慌てている私を面白がっていた、そうね？」

貴山が眉間に皺を寄せた。

「だから、私はなにも知らないって言っているでしょう」

涼子は引かない。さらに食い下がる。

「じゃあ、どうしてあんな危ないことしたの。一歩間違えれば、あのふたりの人生は粉々になっていたのよ！」

涼子の剣幕に圧《お》されたのか、貴山が神妙な顔つきになる。その目に、憐れみとも悲しみともとれる色がよぎったのを、涼子は見逃さなかった。その視線が辛く、涼子は貴山から顔を背けた。俯き、声を絞り出す。

「私、幸せに暮らしている人たちが苦しむ姿を見たくないのよ。それが自分のせいなら、なおさら——」

この仕事をしている以上、そんなきれいごとは言えない。そうわかっていても、言わずにはいられなかった。

「生きていると、自分じゃどうにもならないことがあるじゃない。自分が悪いわけじゃないのに、ついてないっていうか、巡りあわせがよくないっていうか、どうして自分だけがこんなに不幸なんだろうって思うことが」

涼子はそこまで言って、貴山を見た。

「世の中は理不尽で不平等だから、それは仕方がないことだって思っている。でも、だからこそ、自分のひと言で誰かの気持ちが楽になるとか、逆に自分が黙っていれば誰も傷つかないとか、私に誰かのためにできることがあるなら、そこは出来る限りそうしたいって思っているのよ」

　貴山は自分もどこか痛むような顔をして、涼子を見つめている。その視線が痛くて視線を外しそうになったが、涼子は耐えた。腹を括り、挑むように貴山の目を見据える。

「だから、今回のあなたの勝手な行動が私には許せない。どうしてふたりの人生——特に直人くんの人生が壊れてしまうようなリスクがあることをしたの。私が納得できる答えが得られないときは、あなたを上水流エージェンシーから解雇する」

　今回のスタンドプレーに対して、涼子が自分になにかしらの罰を与えるとは思っていたらしいが、まさか解雇とは思っていなかったのだろう。貴山は少し驚いたように目を見開いたが、やがてすぐもとの冷静な表情に戻り、大きく息を吐いた。

「本当に、私はなにも知りませんでした。安生が、息子が実の子ではないと知っていたことも、私の問いに直人くんがどう答えるのかも。でも、安生と直人くんの関係は壊れないという確信はありました」

「なぜ」

　貴山は、言葉に重みを込めるように、ゆっくりと答えた。

「ふたりのあいだに、確かな愛情が感じられたからです」

「愛情？」

オウム返しに訊く涼子に、貴山が頷く。

「あなたも知っているとおり、世の中には肉親同士であっても憎みあっていたり、赤の他人なのに強い絆で結ばれていることがあります。そこにあるのは、どこで誰のもとに生まれたかといったことではない。互いに相手を愛しいと思っているか、それだけです。自分が立ち上げた会社を上場させるくらいになるまで大きくした人です。それほど頭が切れる人が、香奈江がしていたことにまったく気づいていないとは思えない。違いますか？」

なるほど、と思った涼子は、素直に頷いた。貴山が言葉を続ける。

貴山は朗読のように、淡々と持論を語る。

「安生が、直人くんを実の子ではないと思いつつも親権を持ったのだとしたら、ＤＮＡ鑑定でどんな結果が出ようとも、安生の直人くんに対する向き合い方は変わらない。その確固たる愛情があるならば、仮に直人くんが本当のことを知っても、ふたりの親子関係が崩れることはない、そう思ったんです」

涼子は降参の意を込めて、肩を竦めた。

「だから私に、安生さんにＤＮＡ鑑定を勧めるべきだって言ったのね」

「答えがわかっている問題の解決を、あえて引き延ばす必要はないでしょう。むしろ、早く答えを出したほうが、すっきりする」

すっきり――その言葉に、別れ際に見た安生の顔を思い出した。種族が違ってもマロは貴山を家族だと思っている、そう答えた直人を見つめる安生は、長いあいだ抱えてきた重い荷を下ろしたような顔をしていた。

涼子は、香奈江が事務所に来たときのことを貴山に確認した。

「香奈江さんは、安生が一方的に離婚を切り出したって言ったわよね」

貴山が不思議そうに訊ねる。

「ええ、それがどうかしましたか」

「それ、本当だと思う?」

香奈江が語った安生との話は、ほとんどが偽りだった。安生に訊きそびれたが、離婚を言い出したのも、もしかしたら安生ではなく香奈江だったのではないか。

涼子がそう言うと、貴山は大きなため息を吐いた。

「いまとなっては、そんなことはどちらでもいいことです。どっちが言いだしたとしても、安生と直人くんの絆は変わらないんですから」

涼子は首を横に振った。

「私が言いたいのは、もし本当に安生が離婚を切り出したのだとしたら、今日までずっと悩み続けてきたんじゃないかと思って」

貴山は涼子の真意を問うように、首を傾げた。涼子は目を伏せた。

「安生から見て香奈江さんが母親や妻失格だったとしても、直人くんの実の母親であることに間違いはない。その母親を息子と離れ離れにさせるには、かなりの葛藤があったはず。そして、他人の自分が父親として育てることが直人くんにとって本当にいいことなのか、ずっと悩んでいたと思う」

貴山は黙って聞いている。

「でもね」

涼子は顔をあげて、貴山を見た。

「今日の直人くんの言葉を聞いて、心が軽くなったと思うの。自分の決断は間違っていなかったって、やっと心から思えたのかなって」

貴山は少しの沈黙のあと、口を開いた。

「今日の私たちとのやり取りを、きっと直人くんは忘れない。もし、自分が安生と血の繋がりがないと知るときがきたとしても、今日の答えを思い出せば、安生が実の子供と変わりない愛情を注いでくれていると理解するはずです。きっと安生も、同じように感じたでしょう」

目を閉じた涼子の頭に、成長した直人と、いまより歳を重ねた安生が公園を散歩している姿が浮かぶ。安生は車いすに乗り、直人はその車いすを押している。

穏やかに降り注ぐ陽の光をまぶしそうに見上げる安生に、直人が後ろからなにか囁いた。安生は嬉しそうに微笑み、首を横に振る。

涼子は想像を巡らせる。

ふたりの後ろから、小さな男の子が駆けてきた。男の子はふたりに追いつくと、安生の前に回り込み、安生が膝にかけているブランケットのうえにひろってきたどんぐりを広げた。安生が笑いながら、どんぐりを手に取る。

少し遅れて、ひとりの女性がやってきた。そばにやってきた女性は男の子を愛しげに眺め、直人に微笑みかけた。直人も笑みを返し、女性の肩に手を置く。三人のまわりを笑いながら駆け回る男の子は、直人に似ていた。

涼子は目を開けて、貴山に向かって微笑んだ。

「帰りましょう。事務所に戻ったら、なにか飲み物を淹れてちょうだい。それから、甘いものが食べたいわ。あなたのせいでかなり疲れた」

貴山は少し考えて答えた。

「新鮮なダージリンオータムナルがあります。帰る途中に、美味しいアップルパイの店があるから買っていきましょうか。渋めの紅茶に合いますよ」

「いいね、それにしましょう」

涼子は即答し、車に向かって歩き出した。

六

事務所のソファに座る香奈江は、恐ろしい顔をしていた。怒りに目を見開き、震える声で涼子に訊ねる。

「依頼は解決できないって、どういうこと？」

テーブルを挟み、香奈江と対峙している涼子は、涼しい顔で答える。

「いま申し上げたとおりです。安生さんから息子さんの親権は取り戻せません」

香奈江が両手を、大きな音が出るくらい強くテーブルに叩きつけた。

「あなた五日前にこの場所で、一週間で問題を解決するって言ったわよね」

涼子の隣にいた貴山が、香奈江を睨んだ。

「大きな音を立てないでください。マロが驚きます」

「マロだかなんだか知らないけれど、そんなことどうでもいい。どうして依頼を解決できないのよ。ちゃんと説明しなさい！」

気色ばむ香奈江を、涼子は宥めた。

「まあ、落ち着いてください。紅茶はいかがですか。貴山が淹れたものは美味しいんですよ」

落ち着き払っている涼子に、怒りが増したらしい。香奈江はさらに喚き散らす。なにを言っても、冷静になる様子はない。涼子は自分の紅茶をひと口飲み、昨夜の出来事を端的に話しはじめた。

塾帰りの直人を迎えに来る安生を待ち伏せし、親権を譲渡する相談をしたところまで説明すると、香奈江が口を挟んだ。

「安生が親権を譲る気がないのは知ってるわ。問題はその先よ。正攻法では埒があかないからあなたたちに頼んだのは承知しているわよね。いったい、どんな交渉をしたの」

涼子はソファの背もたれに身を預け、顔の前で両手の指先を合わせた。香奈江の目を見据える。

「直人くんはあなたの実の子ではないから親権を手放してください、そう交渉しました」

香奈江が顔色を変えて、ソファから立ち上がった。正しくは、立ち上がるというより飛び上がった、という感じだ。両脇で握りしめた拳が、ぶるぶると震えている。香奈江はものすごい形相で、涼子を見下ろしながら言う。

「直人が、安生の子供じゃないなんて――なに馬鹿なことを言っているの。あの子は安生の子よ！」

香奈江の怒声に怯えたのか、パーティションの後ろから、マロのか細い鳴き声が聞こえた。貴山は顔色を変えてソファから立ち上がると、香奈江のそばへ行き肩に手を置いた。

「さきほど私が言ったこと、聞こえませんでしたか。大きな音を立てないでください、と言ったんです」

香奈江の顔が、苦しそうに歪む。一見、肩に手を置いているだけに見えるが、おそらく強く力を入れているのだろう。立っていた香奈江は貴山の押さえつける力に抗えず、尻をもとに戻した。向かいにいる涼子と、見張りのようにすぐそばに立っている貴山を、香奈江は交互に睨みつけた。

「あんたたち――なんの証拠があって、そんなこと言ってんのよ」

涼子は貴山に向かって顎をしゃくった。あなたが説明しなさい、という意味だ。所作の意味を理解したらしく、貴山が両手を前に揃え、自分がホストクラブで入手した話を伝える。

「――以上が、私が調べた結果です。あなたと堂本勇二の関係も、この依頼の本来の目的も、ぜんぶわかっています。これでも私たちが嘘を言っているというのなら、直人くんのＤＮＡ鑑定をすればいい。それで、すべてがはっきりします」

よほど金が欲しいのか、香奈江は見苦しく抵抗する。

「あんたたちに、子供の父親が誰かなんて関係ないでしょう。私は子供の親権を取り戻してほしいって頼んだだけよ。余計なことは考えなくていいから、さっさと安生から親権を――」

涼子は右の手のひらを香奈江に翳《かざ》し、訴えを途中で制した。

「私たちはどんな依頼も引き受けますが、ふたつだけ例外があります。殺しと傷害です。このふたつが関係する依頼だけはお断りしています」

そこで言葉を区切り、涼子は香奈江を睨んだ。

「香奈江さん、あなた、直人くんの親権を取り戻したら、安生さんの命を奪うつもりだったでしょう」

香奈江の顔から、一気に血の気が引く。図星なのは明らかだった。驚きと焦りが、色濃く表情に出ている。しかし、香奈江は認めない。言葉に詰まりながらも、否定する。

「さっきから、なにわけのわからないことを言ってるの。私がまるで詐欺師か人殺しみたいな言い方をして」

香奈江は気持ちを切り替えるように深呼吸をひとつして、粘っこい視線で涼子を見た。

「ねえ、あんた、金に困ってるんでしょう？　依頼料の金額を聞いたときのあんた、すごくものほしそうな目をしてたもの」

香奈江が、嫌な笑いを顔に浮かべる。

「きれいごと言ってないで、さっさと親権を取り戻してきなさいよ。そうすれば五百万円が手に入るのよ」

涼子は香奈江に微笑み返した。

「ええ、五百万円は、咽喉から手が出るほど欲しいわ。でもね、私は金より大事なものを知ってるの」

香奈江が眉根を寄せる。

「金より大事なもの?」

そう繰り返したかと思うと、声に出して笑った。

「あんた、いったい何歳? いまどき小学生だって、金がなければ幸せになれないって知ってるわよ」

香奈江はひとしきり笑うと、ぴたりと笑うのをやめ、涼子に向かって凄んだ。

「どんな手を使ってでもいいから、依頼を解決してきて。これ以上、ぐだぐだ言うようなら、あんたたちに悪いことが起きるかもよ」

涼子はソファの背もたれに身を預け、脚を組んだ。立ったままふたりのやり取りを眺めている貴山に言う。

「ちゃんと録《と》れてる?」

貴山が羽織っていたジャケットの内ポケットから、小型の機械を取り出した。機械を確認し、頷く。

「ええ、大丈夫です」

貴山が機械のボタンを押すと、香奈江の声が流れはじめた。

『あんたたち――なんの証拠があって、そんなこと言ってんのよ』

香奈江が青ざめた顔で、唇を震わせた。

「それって――まさか」

貴山が持っているのは、小型のＩＣレコーダーだった。ここに香奈江がやってきたときから、涼子と貴山との会話を録音していたのだ。

香奈江がソファから立ち上がり、貴山に飛び掛かった。ＩＣレコーダーを奪い取ろうとする。

貴山はすばやい動作で、身をかわす。勢い余った香奈江は前につんのめり、床に倒れた。香奈江はゆっくりと身を起こすと、余裕の笑みを浮かべて貴山を見た。

「それがなんなの？　かっとなって、ちょっと言いすぎたところはあるけれど、私はなにも悪いことしてないわよ」

「ええ、まだね」

そう答えた涼子を、香奈江が睨みつけた。

「まだ？」

涼子はソファから立ち上がり、床に座り込んでいる香奈江の前に行くと、その場にしゃがんだ。息がかかるほど顔を近づけ、真正面から見据える。

「今後、直人くんと安生さんに万が一のことがあったら、この録音データを警察に渡すから」

香奈江は、ふん、と鼻から息を抜くと、勢いよく立ち上がりうえから涼子を見下ろした。

「だから、それがなんになるのよ。私は直人や安生に危害を加えるなんて、ひと言も言ってないわよ。警察が相手にするわけないでしょう」

涼子もゆっくりと立ち上がり、腕を組んだ。

「ええ、本来ならね。でも私、いろんなところに貸しがあって、そのなかに刑事もいるのよね」

香奈江の顔から笑みが消える。逆に涼子は、顔に笑みを浮かべた。

「直人くんや安生さんになにかあったときは、その刑事にこのデータを渡して、あなたたちのことを徹底的に調べてもらうから。その刑事はね、時代錯誤でセクハラやパワハラばっかりするんだけど、刑事としてはものすごく優秀なの。そいつにかかったら、絶対、逃れられないからね」

横から貴山が、割って入った。

「もし、事件として立証できなかったら、別な方法できっちりかたをつけさせてもらいます。堂本勇二もきな臭い輩と関係があるようですが、私たちのほうが顔が広い。いずれにせよ、あのふたりに関わらないほうが身のためですよ」

直人と安生に手を出したら、どんな形であれ自分たちはただでは済まない。やっとそう理解したらしく、荒かった香奈江の鼻息が一気に鎮まった。ソファに置いていたバッグを摑み、ドアに向かって駆けだす。

「ちょっと、待って」

涼子に呼び止められた香奈江は、ドアノブに手をかけたまま振り返った。涼子は自分の机のうえに置いていた封筒を取り、香奈江のところへ行き差し出す。

「最初にいただいた十万円です。依頼を解決できなかったのでお返しします。それから、最後にひとつだけお伝えしておきます」

涼子の耳に、ぎりっという音が聞こえたような気がした。それほど強く、香奈江は奥歯を嚙みしめた。涼子を睨みつけ、声を震わせる。

「最後にひとつだけ伝えたいことって、なに？」

涼子は香奈江の目を、まっすぐ見つめた。

「安生さんは、直人くんが自分の子供ではないと知っていました」

香奈江の目が、大きく見開かれた。

「知っていた？」

涼子は頷く。

「ええ、あなたが直人くんを産む前から」

「嘘――そんなの嘘よ！」

香奈江が叫ぶ。

「それならどうして、直人を認知したの。どうして直人の親権を手放さないの。他人の子だって知ってるなら、そんなことしないはず――」

そこまで言って、香奈江ははっとした様子で口を噤《つぐ》んだ。思わず、直人が安生の子供ではないと認めたことに、気づいたらしい。

「いまのは弾みで言ってしまっただけで、そんなことは――」

香奈江は必死に、いまの失言を取り消そうとする。しかし、顔色ひとつ変えない涼子を見て、騙しとおすことはできないとわかったのだろう。急に開き直り、涼子を斜に構えて見た。

「直人が本当のことを知って、私のところに来たいって言ったらどうなるかしら。安生は親権を私に譲るしかないわよね」

「さあ」

涼子は大げさに、肩を竦めてみせた。

「そのときはそのときでしょう。でも、もし直人くんが本当のことを知っても、あなたのところに来る可能性はないわよ」

香奈江はむきになって言い返す。

「どうしてよ！」

涼子は香奈江を睨みつけた。

「あなた、人を甘く見てるわね。本当の親とか他人だとか、そんなことは関係ない。人は自分を大切にしてくれる人と一緒にいたいって思うのよ。子供を金目当てで引き取ろうとする母親と、愛してくれる他人、直人くんはどっちを選ぶかしら」

香奈江が言葉に詰まる。

涼子は手の甲を口に当てて、くすりと笑った。

「いずれにせよ、あなたの望みどおり、安生さんにもしものことがあったら、直人くんは間違いなく遺産を相続する。でも、今回の件で安生さんは、すぐに直人くんの後見人を立てるそうよ。悪いけど、あなたの懐には一円も入らない。ご愁傷さま」

香奈江が悔しそうに、声を震わせる。

「懐に一円も入らないのは、あなただって同じよ。どうして安生に余計なこと言ったの。黙って親権を取り戻せば、五百万円が手に入ったのに」

涼子は頷き、声に力を込めた。

「さっき、私が言ったこともう忘れたの？　私はお金より大事なものがあると思っている。それが壊れるのを、見過ごすわけにはいかなかっただけよ」

これ以上は話にならない、そう思ったのだろう。香奈江は涼子の手から十万円をひったくり、自分のバッグに突っ込んだ。

「この役立たず！　この事務所は無能だって言いふらしてやるから！」

負け惜しみのような言葉を吐いて、香奈江は部屋を出て行く。乱暴に閉じられたドアに向かって、涼子は毒づいた。

「やっぱりケチ」

香奈江がいなくなると、貴山はすぐさまマロのケージへ駆け寄った。マロをケージから出し、そっと抱く。

「怖かったかい。もう大丈夫だよ」

ソファに腰を下ろした涼子は、貴山を半ば呆れながら見つめた。

「世の中、不思議ね。血の繋がった子供を金儲けの道具にしようとする親がいる一方、種族が違う生き物を、我が子のように愛する者がいるんだものね」

貴山はマロを撫でながら言う。

「なにも不思議じゃありません。人の価値観は、百人いれば百通りあります。美意識もそうです。自分から見て美しいと思うものを、他人が同じように思うとは限りません。そして、大事なものもそうです。あの女と私は、大事に思うものが違った。ただ、それだけです。でも、はっきり言えるのは、心から誰も愛さない者は、誰からも愛されないということです」

マロはまるで、そのとおり、とでも言うように、貴山の頰に顔をすり寄せ甘える。その姿を見て、涼子はぽつりとつぶやいた。

「求めよ、さらば与えられん――か」

貴山がすぐに反応する。

「新約聖書、マタイ七章ですね。続きは、捜せ、さらば見出さん――」

涼子はピンときた。みなまで言うな、という意を込めて、片手をひらひらと振る。

「わかってるって。新しい部屋を見つけていいから。約束どおり、給料は値上げするって」

貴山が意外そうな顔をする。

「いいんですか？　今回は報酬ゼロだったんですよ？」

涼子は諦めながら、大きく息を吐いた。

「私が五百万円に目が眩《くら》まなかったら、ただ働きしなくて済んだ。あなたに責任はないわ。ここであなたと揉めて辞められでもしたら、それこそ大変。次の仕事ができなくなるもの」

「少しは私のありがたさが、わかっているんですね」

褒めたはいいが、貴山の得意そうな顔を見ているうちに、なんだか悔しくなってきた。少し意地悪をしたくなる。

「ねえ、いいこと思いついた。いっそのこと、この事務所を引っ越そうか」

「事務所を？」

涼子は頷く。

「そう、マロを飼えるくらい広いところに。マロをうちの社員にする。動物の社員がいる会社ってあるでしょう。カラカルってめずらしいから、客受けがいいと思うんだよね」

貴山はマロを抱きしめ、涼子から守るように背を向けた。

「マロを客引きになんかしません！」

「世の中、持ちつ持たれつ。ねえ、マロちゃん」

貴山の前に回り込み、マロの顔をのぞき込む。マロは首を傾げ、つぶらな瞳で涼子を見つめた。顔が自然に緩む。改めて見ると、マロはたしかに可愛い。本気ではなかったが、この子を社員にするのはありかもしれない。

涼子は自分の机のうえにおいていたバッグを手にし、ドアへ向かった。

「どこへ行くんですか」

訊ねる貴山を、涼子は振り返る。

「さっきの新約聖書の続きの続き、知ってる？　門を叩け、さらば開かれん――よ。あっちから仕事が来ないなら、こっちから調達しに行く。社員が一匹増えるんだから、もたもたしてられないわ」

「そんなこと、私は承知しませんよ！」

涼子は聞こえないふりをして、事務所をあとにした。

立場的にあり得ない

一

事務所のソファのうえで、上水流《かみづる》涼子《りょうこ》は眉間に皺を寄せた。

「もう一回、言ってくれる?」

ローテーブルを挟んだ向かいのソファには、丹波《たんば》勝利《かつとし》が座っていた。丹波は苛立たし気に、舌打ちをくれた。

「だから、いま言っただろう。その子をなんとかしてくれ」

涼子はソファの背もたれに身を預け、形がいいと言われたことがある脚を組んだ。呆れながら、丹波に訊ねる。

「あんた、いつ刑事から医者になったの?」

丹波は、新宿《しんじゅく》署の組織犯罪対策課に勤める古参刑事だ。口が汚く、セクハラやパワハラともとれる暴言を涼子に吐く。そのせいか出世には縁遠く、警察組織では一匹狼のような存在だ。

涼子も丹波を煙たいと思ってはいるが、互いに持ちつ持たれつの関係が長く、腐れ縁と諦め付き合っている。それに、丹波は涼子が法曹資格を失うことになった事件の担当刑事だった。それも含めて、なにか縁があるのだろう、と思っていた。

今日はその丹波が、めずらしく涼子に電話をかけてきた。丹波は滅多に電話を使わない。丹波は何人もの情報提供者——通称エスを持っているが、そのなかには、警察関係者が連絡をとっていると世間にばれたら、問題になる輩もいる。だから、履歴が残る電話は使わないのだ。

不本意だが、丹波は涼子を勝手に、自分の情報提供者だと思っている。涼子からしてみれば、丹波のほうが自分の情報提供者なのだが、敢えて口にはしない。丹波の強情で頑固な性格はよく知っている。前にそのことで何度かやりあったが、こっちがなにを言っても屁理屈をこねまわし認めなかった。言い争うだけ時間の無駄だと、いまは諦めている。

丹波が涼子に用があるときは、涼子が立ち寄りそうな場所を張っている。そして、涼子が現れると、偶然を装い話しかけてくるのだが、今日は違った。

貴山伸彦《たかやまのぶひこ》が淹れた深煎りのコーヒーを飲んでいるとき、涼子の携帯が震えた。貴山は涼子の助手であり秘書だ。上水流エージェンシーの社員として働いている。画面を見ると、丹波の名前が表示されていた。

涼子の携帯番号を知っている者は、ごくわずかだ。

事務所にやってくる依頼人は、行儀がいい人とは限らない。むしろ、合法的には解決できない問題を持ち込んでくるのだから、行儀が悪い輩のほうが多いくらいだ。依頼人と揉めて、嫌がらせの電話がかかってくるたびに、番号をかえるのは面倒くさい。だから、依頼人に教える緊急の連絡先は、貴山の携帯にしている。なにかあれば、貴山から涼子に連絡が入ることになっていた。

丹波は、涼子の携帯番号を知っている数少ない人間のひとりだが、いままでにかかってきたことはほとんどない。その男が携帯に連絡してきたのだから、大事だ。まさか、丹波の身になにかあり、アドレスに登録されている人間に、誰かが片っ端からかけているのだろうか。

涼子は急いで電話に出た。

「もしもし」

携帯の向こうから、ドスの利いた声がした。

「おれだ」

丹波の声だった。涼子はほっとした。安心したら腹が立ってきた。文句を言う。

「そんな言い方やめてよね。私があんたの女みたいじゃない」

携帯の向こうで、丹波が鼻で笑う気配がした。

「お前みたいなじゃじゃ馬、こっちから願い下げだ」

口が悪いところも、いつもと変わらない。

「それで、今日はどうしたの。電話なんてめずらしいじゃない」

涼子が訊ねると、丹波は声を潜めた。

「急ぎで相談したいことがあってな。これから、そっちへ行く」

驚きのあまり、思わずソファから腰を浮かせた。

「ちょっと、いまから来るって、本当にどうしたの？」

マロに食事を与えていた貴山が、涼子に顔を向けた。目で電話の相手を訊ねてくる。

マロは、訳があって事務所にいるカラカルだ。ネコ科の動物で、大きくなると中型犬くらいになる。レッドリストに掲載されていて、一定の条件を満たさないと飼育できない。

貴山は人間嫌いだが動物は好きなようで、マロのことも可愛がっている。一時的という話だったが情が移ったらしく、自分が飼うと言いだした。いまはマロが飼える環境の部屋を探している。

涼子は声に出さず口の動きだけで、丹波、と伝えた。

「ええ？」

声が出てしまってから貴山は、しまった、と言うように口を押さえた。いつも冷静な貴山が驚くのも無理はない。丹波は電話もだが、事務所へ来るのも避けている。どこで足がつくかわからないからだ。

「とにかく、話は会ってからだ。じゃあな」

「ちょっと、ちょっと丹波さん。まだ返事は――」

涼子の返事もろくに聞かず、丹波は一方的に電話を切った。身勝手なところも、やはり変わりない。

電話を切った涼子のそばに、貴山がやってきた。腕にマロを抱いている。

「いったい、なにがあったんですか」

涼子は大げさに、肩を竦めた。

「それはこっちが訊きたいわよ。いまからここに来るって」

「ここに？」

そう言った貴山の顔が曇る。

「嫌な予感がしますね」

「同感」

涼子は俯いて、ため息を吐いた。持ちつ持たれつという言葉は、貸し借りなし、の同義語だ。その関係性の相手に相談事を持ち込むということは、借りを作ることになる。己の利を第一に考える丹波がそれを承知で持ってくる相談など、面倒ごとに決まっている。

涼子は目だけをあげて、貴山を見た。

「来る前に、バックレようか」

事務所に誰もいなかったら、諦めて帰るのではないか。

貴山は猛烈な勢いで反対した。

「ダメです。そんなことをしても、あの男はまたやってきます。いや、もしかしたら、ドアを壊してなかに入るかもしれない。そして、嫌がらせにマロになにかするかもしれない――」

貴山は身震いして、腕のなかにいるマロをきつく抱きしめた。

マロが絡むと、貴山は腑抜けになる。猫が苦手な涼子にとってマロは弱点だが、貴山にとっても別な意味で弱点なのだろう。

マロのことはさておき、貴山の言うとおり、事務所を空にしても一時しのぎにしかならない。丹波は諦めの悪い男だ。しつこく涼子に連絡してきて、話を聞くよう迫るだろう。

「諦めるしかないか」

そうつぶやいたとき、事務所のチャイムが鳴った。

泣きっ面に蜂ではないが、この慌ただしいときにいったい誰だ。涼子は貴山に目で、来客が誰か確かめるように促す。

インターフォンのモニターを覗き込んだ貴山が、勢いよく涼子を振り返った。

「丹波さんです」

「ええ？」

貴山ではなく、こんどは涼子が声をあげた。電話を切ってから、まだ数分しか経っていない。まさか、事務所が入っているビルの前から連絡してきたのか。

貴山がドアを開けると、丹波は許可も得ずにずかずかとなかへ入り、涼子が座っているソファの向かいに腰を下ろした。よれよれのジャケットに、傷んだ靴、髭剃りをあててないのか、まばらに髭が生えている。相変わらず、冴えない風貌だ。

涼子は丹波を、苦々しげに睨んだ。

「ねえ、来るの早すぎじゃない？　それに、私、あんたに会うって言ってないんだけど」

「電話で言っただろう。急いでるって」

丹波はジャケットの内ポケットから、煙草の箱を取り出した。安物のライターで火をつけようとする。

貴山がものすごい形相で、丹波から煙草とライターを取り上げた。

「ここは禁煙です」

丹波は片方の口角を、歪めるようにあげた。

「前は吸えたじゃねえか」

「いまはダメです」

丹波が、貴山がしっかりと抱いているマロに目をやる。

「こいつがいるからか？」

貴山は敵から子供を守るように、マロを急いでケージに戻した。丹波が笑いながら、ジャケットの内ポケットに煙草とライターを戻す。

「わかったわかった。今日はお前たちに逆らえねえから、大人しく引き下がるよ。その代わりと言っちゃあなんだが、茶でも淹れてくれや」

致し方ないという感じで、貴山は事務所の奥にある給湯室へ入っていった。

こうなったら話だけでも聞くしかない。涼子は丹波に訊ねた。

「それで、急ぎの相談ってなに？」

丹波が急に、真面目な顔になる。

「ある子を助けてほしいんだ」

「誘拐でもされたの？」

「いいや」

丹波が首を横に振る。

「自殺未遂だ。いままでに何度も――」

「ちょっと待って」

涼子は、話を途中で遮った。眉根を寄せる。

「もう一回、言ってくれる？」

丹波は苛立たし気に、舌打ちをくれた。

「だから、いま言っただろう。その子をなんとかしてくれ」

「あんた、いつ刑事から医者になったの？」

「そうじゃねえよ。本人が自分でつけた傷は、医者がちゃんと治してる。おれが言ってるのは、こっちだよ」

こっち、と言いながら、丹波は立てた親指で自分の胸を突いた。

「メンタルをなんとかしてほしいんだよ。お前なら――」

涼子は先を続けようとする丹波を、手で制した。丹波のほうへ身を乗り出し、顔をじろじろと眺める。

「ねえ、大丈夫？　どっかで頭を打ってきたんじゃない？　ここは殺しと傷害以外の問題を解決する上水流エージェンシーで、メンタルクリニックじゃないんだけど」

丹波は大きな声を出した。

「そんなことはわかってるよ！　おれは真面目に――」

そこまで言ったとき、丹波の目の前に音を立てて紅茶のカップが置かれた。

貴山がじろりと睨む。

「お静かに」

丹波は面倒そうな顔で、犬を追い払うように、貴山に向かって手を振った。

「わかったよ。トノが怯えるってんだろう。悪かったよ」

「トノではありません。マロです」

「なんでもいいよ」

丹波は涼子に向き直った。

「それよりさっきの話の続きだ。その自傷行為を繰り返す子を、お前に助けてほしいんだ」

その子の名前は五十嵐《いがらし》由奈《ゆな》、二十歳。都内の大学に、自宅から通っているという。

由奈が最初に手首を切ったのは、大学一年生の夏。朝になっても起きてこない娘を心配した母親が部屋に行くと、由奈が手首から血を流しベッドでぐったりしていた。幸い、命に別状はなかったが、それから由奈の自傷行為がはじまる。

「カッターで手首やら脚やら、いろんなとこを傷つける。刃物の類を取り上げても、自分で自分の腕に嚙みついたり、髪の毛をむしったりするんだ。親が心療内科に連れて行って、投薬を受けたが自傷行為は治まらない。そのうち摂食障害まではじまって、二ヵ月前から都内の病院に入院している」

話が途切れたところを見計らい、涼子は口を開いた。

「その子は気の毒だと思う。親御さんもね。早く治ってほしいわ。でもね、繰り返すけど、私は医者じゃないし、そっち系のカウンセラーでもない。もちろん、貴山もね」

涼子のそばに立っている貴山は、頷いた。涼子は前に身を乗り出すと、丹波の目を覗き込んだ。

「ねえ、いったいなにを隠してんの？」

丹波が目を逸らし、ソファの背もたれに両腕を預けた。

「なにも隠してねえよ。おれはその由奈って子が不憫で、なんでも屋のお前ならなんとかできるかなって――」

「嘘、吐かないで」

涼子はぴしゃりと言った。

「自分に利のあることでしか動かないあんたが、情だけでここに来るわけないでしょう。それでも嘘を吐きとおすつもりなら、もうこの話は終わりよ。さっさと帰って」

涼子は、一度口にしたことは曲げない。それは丹波も知っている。ここで偽ったら涼子は二度とこの話に耳を貸さない、そう感じたらしく、丹波は折れた。

「わかったよ、絶対に外に漏らすなよ」

「この仕事は信用第一だって、あんたもわかってるでしょう」

丹波は、はいはい、というように数回頷くと、部屋に三人しかいないのに、声を潜めた。

「その由奈って子、警視庁の組織犯罪対策部の部長の娘なんだよ」

部長の名前は五十嵐謙、四十八歳。警察庁採用のキャリア組で、階級は警視長。いままでになんども表彰されているやり手だった。

涼子はピンときた。

「その子を救えば、部長に恩が売れるってわけね」

丹波はばつが悪いのか、笑ってごまかす。

「そうはっきり言われたら身も蓋もねえが、まあ端的に言えばそういうこった」

「嫌よ」

話の途中で相談を拒否する涼子に、丹波は不満そうな顔をした。

「待てよ、まだ話を全部聞いてねえじゃねえか」

「なんで私があんたの出世に力を貸さなきゃなんないのよ。それに、この依頼、報酬はゼロでしょう」

丹波が口ごもる。

「どうしてわかったんだよ」

「あんたが金持ってないことなんか、よく知ってるわよ。それに、病を患っている人を利用するのも気がすすまない。この話はもう終わり。さあ、帰って」

涼子はドアを指差した。丹波が慌てた様子で、涼子の説得を試みる。

「これを解決すれば、みんなが幸せになるんだよ。由奈ちゃんも元気になるし、家族も喜ぶ。それに、お前にだって大きなメリットがある。それを聞いてからでも、答えを出すのは遅くねえだろう?」

丹波の言いなりになるのは癪だが、自分へのメリットがなんなのかは気になる。少し考えてから、涼子は訊ねた。

「いったい私にどんなメリットがあるの？」

丹波はにやりと笑った。

「おれが出世すれば、いまよりもお前にやれる情報が増える」

「はっ！」

涼子は短く、鼻で笑った。

「そういうのをなんて言うか知ってる？　取らぬ狸の皮算用、沖のはまちって言うのよ」

横で話を聞いていた貴山が、付け足す。

「飛ぶ鳥の献立、もあります」

立場上、下手に出てはいるが、本来、丹波は気が短い。必死に堪えていたが、我慢がならなくなったらしく、ふたりに向かって怒鳴り声をあげた。

「うるせえ、ぐぬぐぬ言ってねえで、黙って言うとおりにすればいいんだよ！」

丹波は黙っていても、機嫌が悪いような顔をしている。その丹波が怒鳴ると、大抵の者は怯む。しかし、涼子は違う。丹波を真正面から見据え、言い返す。

「そんな大きな声出しても、私は頷かないってわかっているでしょう。ここにいるだけ、時間の無駄。私を説得している暇があったら、腕のいい医師を探したほうがいいわよ」

涼子が丹波の性格を知っているように、丹波も涼子の性格がわかっている。感情に任せて怒鳴ったが、そんなことをしても涼子を思いどおりにはできないと改めて気づいたらしく、急に大人しくなった。極《き》まり悪そうにソファのうえで尻をもぞもぞさせていたが、やがて諦めたように深い息を吐いた。

「なんだか、可哀そうでよ」

涼子は耳を疑った。くたばれ、などの相手を罵る言葉はいままでに何度も聞いたが、丹波の口から相手に情けをかけるような言葉を聞くのは、はじめてだった。俯いている丹波の顔を、恐る恐る覗き込む。

「熱でもあるの？」

丹波は目だけをあげて、涼子を睨んだ。

「違《ちげ》えよ」

「あんたの口から、可哀そう、なんて言葉を聞くとは思わなかった」

涼子がそう言うと、丹波は眉間に皺を寄せ、なにかを思い出すように遠くを見やった。

「ひと月前に、知り合いのじいさんが、病院の精神科に入院したんだ。連れ合いのばあさんを亡くしたことがきっかけで落ち込んじまってよ。それで見舞いにいったんだ」

丹波の話では、そのときに由奈を見つけたのだという。精神科のフロアには、エレベーターの前に談話室がある。面会人や入院患者がくつろげる場所で、廊下と部屋のあいだに大きな窓があり、なかが見えるようになっていた。

「その談話室によ、ひとりでいたんだ。笑えば可愛いのに能面みたいに無表情で、病院着から覗く手足は、ぽっきり折れそうなくらい細くてよ。椅子に座っているだけなのに、その姿がものすごく寂しそうで印象に残ってたんだ」

丹波が、由奈が警視庁の組織犯罪対策部部長、五十嵐の娘だと知ったのは、一週間後だった。

その日、丹波は用事があり、入院している老人を再び見舞った。

「病棟に行ったら、またその子が談話室にいてよ。やっぱりものすごく寂しそうだったんだ。気になってぼんやり見ていたら、エレベーターが開いて一組の男女が降りてきた。その男性が、五十嵐部長だった」

顔を合わせることはほとんどないが、警視長である五十嵐の顔を丹波は知っていた。しかし、五十嵐が一介の巡査クラスの者の顔を知るわけもなく、ちらりとも見ずに丹波の前を通りすぎた。

「女性は五十嵐部長の奥さんらしく、ふたりは談話室へ入っていってその子へ近づいた。ふたりはなにか話しかけるが、その子はぼんやりとした感じでしたを向いたままだった。おれはなんとなく気になって、談話室に入った。くつろぐふりをして三人の様子をうかがってると、あとから看護師がやってきた。その看護師は五十嵐部長と奥さんに挨拶をしたあと椅子に座っている由奈の前にしゃがんで、お父さんとお母さんが来てくれてよかったね、そう言ったんだ。それで、その子が五十嵐部長の娘だってわかった」

聞こえてきた会話によると、由奈はどうやら食事をとらないらしく、点滴で栄養を補っているようだった。そのうち、母親らしき女性は由奈に向かって、傷は痛くないか、と訊ねたという。

「なにも言わないその子の代わりに看護師が、傷口は塞がったし指も動くから心配ないだろう、みたいなことを言ってよ。ふと、その子の手首を見たら包帯が巻かれてた」

病院をあとにした丹波は、伝手を頼って病院に勤めている薬剤師に連絡をとった。そしてその薬剤師に由奈の情報を求めたが、彼は難色を示した。患者の個人情報を外に漏らすことはできない、という。丹波は、絶対に他言しない、と説得し、薬剤師から由奈の情報を聞き出した。

「それが、さっきお前に話したことだ」

涼子は凝った肩をほぐすために、首をぐるりと回した。出そうになるあくびを堪えながら、丹波に言う。

「由奈って子の情報を、あんたがどんな形で入手したかはわかった。でも、そんなことどうでもいい。何度も言うけど、医者じゃない私がこの依頼を引き受けるなんて、立場的にあり得ない」

丹波は食い下がった。

「おれはお前に、治療をしてくれって言ってるんじゃない。あの子がどうしてあそこまで心を病んでしまったのか、その理由を突き止めてほしいって頼んでるんだよ」

「理由?」

丹波は落ち着かない様子で、組んだ手を握ったり開いたりする。

「摂食障害も自傷行為も、精神的な問題が関係しているってのは、聞いたことがあるだろう」

たしかに、そういう話は聞いたことはある。

「あの子、大学に入るまでは、明るくて活発な子で、友達もいっぱいいたらしいんだ。それが大学一年生の夏に様子がおかしくなって、手首を切った。きっと、大学に入ってからなにかがあったんだ。それがなんなのかわかれば、心を救えるかもしれねえ」

涼子はじっと丹波を見た。丹波の言うとおり、自傷行為を起こした理由がわかれば、彼女は治るかもしれない。だが、わからないのは丹波だ。いくら可哀そうと思っても、そこまで情をかけるのはなぜか。

涼子の射るような視線から、なにか探ろうとしていることに気づいたらしい。丹波は気まずそうに、首の後ろを掻いた。

「うちの坊主を、思い出してよ」

前に丹波から、息子がひとりいる、と聞いたことがある。思えば、丹波の家族について知っていることはそれだけだ。

丹波は顔の前で手を組み、目を伏せた。

「坊主が高校生のとき、女房が死んだ」

長いつき合いだが、はじめて聞く話だった。あまりに突然な話で、すぐに言葉の意味を理解できず、目の端で貴山を見たが、やはりかなり驚いたらしく、表情が固まっていた。

丹波の妻はがんだった。見つけたときはもう手遅れで、入院してから半年で他界した。

「ひとり息子ということもあって、女房は坊主をとても可愛がっていた。坊主も母親が大好きだった。おれが仕事で、家を留守にすることが多かったこともあるんだろう。大きくなってもはずかしがることもなく、一緒に出掛けていた」

それほど仲がよかった母親が、突然ともいえる形で他界したことが、息子にとってはよほどショックだったらしい。母親が亡くなったあと、ろくに食事もせず、部屋に閉じこもるようになったという。

丹波は顔をあげて、天井を仰いだ。

「喜びは分かち合えるが、哀しみってのはひとりのもんなんだなって、そんときにわかったよ。母親を失って魂が抜けたようになっている坊主に、おれはなにもしてやれなかった。一緒に飯を食ったり励ましたりはしたが、無理だった。時間が坊主の哀しみを洗い流すのを、待つしかなかった」

丹波は回想から現実に戻ったかのように、いつもの厳しい目で涼子を見た。

「椅子に座ったまま死んだような目をしているあの子が、そんときの坊主に重なってな。坊主の辛さは時間が解決したが、あの子は違う。このままじゃあ、ずっとあのまま――いや、もしかしたら死んじまうかもしれねえ。そう思ったら、なんとか救ってやりたいと思ったんだ」

丹波はソファのうえで、涼子に深々と頭をさげた。

「甘ちゃんだと笑ってもいい。おれも人の子だ。泣き所はある。どうかあの子を助けてやってくれ。このとおりだ」

涼子は貴山を見た。目で、どうする、と問う。貴山は視線に気づきながらも、なんの反応も示さなかった。涼子に一任する、ということだ。

滅多に人に頭をさげない男が、土下座する勢いで頭を垂れている。その姿から、丹波がどれほど由奈を救いたいのか、伝わってくる。丹波は、泣き所はある、と言ったが、それは涼子も同じだ。長い付き合いの丹波からこれほど懇願されては、無下にはできない。それに、ここで恩を売っておけば、いずれ得することがあるかもしれない。

涼子は腕を組み、丹波に言う。

「その子の顔がわかるもの、持ってる？」

丹波が勢いよく、顔をあげた。

「引き受けてくれるのか！」

「この貸しは大きいわよ」

丹波は相好を崩した。

「ありがとうよ。これであの子は助かる」

気が早い丹波に、涼子は呆れた。

「まだ、解決したわけじゃない。私にだって無理なことはあるんだから、期待されても困る」

涼子の声が聞こえていないのか、聞こえていても頭に入っていないのか、丹波は満悦の体《てい》で頷いている。

掌のうえで転がされているようで、なんだか面白くない。涼子は丹波にきつい口調で言う。

「ねえ、どうなのよ。由奈って子の画像、持ってるの？　あったら欲しいんだけど」

丹波は我に返ったような顔をして、慌てて答えた。

「おれは持ってない。だが、なんとかする。手に入ったら、お前の携帯に送る」

「なるべく早くね。それから、ええっと——」

涼子は自分の指を折り、数を数えた。
「一、二――いくつかあんたに、頼みたいことがある」
「なんでも言ってくれ」
丹波は自信たっぷりに、自分の胸を叩いた。

二

入院病棟へ続くエレベーターに乗り込んだ涼子は、八階のボタンを押した。由奈が入院している、精神科のフロアだ。

上昇するエレベーターのなかで、手にしている紙袋をのぞき込む。貴山が用意したフィナンシェの詰め合わせだ。上質のバターを使っているため胃に重くなく、柔らかくて食べやすいことから、お年寄りに好評なのだという。

丹波から由奈の画像が届いたのは、丹波が事務所に来た次の日だった。由奈の情報を仕入れた薬剤師に、こっそり撮らせたという。刑事が盗撮をしていいのか、と突っ込むと、おれが撮ったわけじゃない、と丹波は涼しい顔で答えた。

画像は携帯のカメラで、遠方から撮られたものだった。少しピントが甘いが、顔立ちははっきりとわかる。由奈は長い髪を後ろでひとつに結び、椅子に俯き加減に座っていた。頬が削げ落ち目はうつろだが、それでも由奈はきれいだった。丹波は、笑えば可愛いのに、と言っていたが、無表情でも充分に人目を惹く容姿だった。

八階に着くと、涼子はエレベーターから降りた。壁に張られている、フロアの案内図を見る。病棟はふたつに分かれていた。エレベーターを降りたところを中心にして、東側がA棟、西側がB棟とある。A棟は廊下と病棟のあいだにロック式のドアがある閉鎖病棟で、B棟は開放されている一般病棟だ。

フロアのすぐ前には丹波が言っていたとおり談話室があった。

丹波は、由奈はA棟に入院している、と言っていた。自傷行為をさせないために、刃物や紐状のものは、すべてA棟のナースステーションで管理する。患者が所持できるのは、洗面道具やタオルといった、危険ではないと判断されたものだけだ。

丹波の知人の老人は、B棟に入院していた。一時は食事が咽喉を通らないほど憔悴していたが、薬が効いたのか妻を失った哀しみを徐々に受け入れられるようになったのか、だいぶ回復している、と丹波は言っていた。

今日──丹波から画像が送られてきた翌日、涼子は知人の代わりに見舞いに来た、という名目で入院病棟に入り込んだ。

由奈は、A棟から出ることは許可されているが、八階のフロアから出ることは禁止されている。病院内にある売店で刃物を購入したり、外へ勝手に出て行ってしまう危険性があるからだ。病室の窓は開かないが、談話室の外が見える窓はわずかに開く。外の風を吸いたくなるのか、由奈は午後の自由時間に、少しだけ談話室へやってくるらしかった。

丹波の頼みを聞き入れた涼子は、丹波にみっつの要求をした。

ひとつ目は由奈の画像を涼子に渡すこと。ふたつ目は、由奈がいる病棟に入れるようにすること。みっつ目は、由奈が大学で親しくしていた友人をリストアップすることだった。

丹波は、みっつ目の頼みは少し時間をくれ、と言ったが、ほかのふたつの要求は、翌日すぐに叶えた。涼子がまだ寝ぼけているうちに、由奈の画像が携帯に送られてきて、同時に届いたメールには、『見舞いに行った老人に、自分の代わりの者が差し入れを届けに行くと話を通した。ナースステーションで面会申込書の記入を求められるが、適当に書いておけばいい』とあった。

涼子は丹波からのメールにあったとおり、エレベーターのそばにあるA棟とB棟共用のナースステーションへ行き、なかにいる看護師に声をかけた。

「こちらに入院している方の面会に来ました」

老人の名前を伝えると、看護師は不審に思う様子もなく、面会申込書を差し出した。おそらく本人が、今日面会人が来る、と言っていたのだろう。涼子は面会申込書に、適当な住所と名前を書き、看護師に渡した。

老人の病室へ行く前に、ナースステーションの隣にある談話室を廊下から覗いた。

広さは学校の教室ほどで、会議用の長机がいくつかあった。そこに、何脚かのパイプ椅子が置かれている。

なかには、病院着の人と面会人と思われる人、合わせて十名ほどがいた。深刻な顔をしている人もいれば、楽しく談笑している人もいる。由奈の姿はない。

談話室に由奈がいないことは、想定内だった。丹波は二回病院を訪れて二回とも由奈に会えたが、それは偶然による。涼子が来たときに、由奈がいるとは限らない。

涼子は老人の病室へ向かった。由奈がいないときは、老人のところでしばらく時間を稼ごうと決めていた。ひとりで談話室にずっといては、看護師が不思議に思うだろう。老人を見舞ったあと再び談話室を確認し、そのときも由奈がいなければ、後日、出直すしかない。

老人は、四人部屋のドア側のベッドにいた。名前は松井物介《まついそうすけ》。丹波から七十五歳と聞いているが、心が弱っていたせいかもっとうえに見える。しかし、眼差しはしっかりしていて、回復の兆しが窺えた。

涼子が声を掛けると、松井は微笑んだ。

「ああ、丹波さんから聞いています。遠藤《えんどう》さんですね」

涼子は丹波の古い友人で、名前は遠藤ということになっている。合っているのは、古い、ということだけだ。友人ではなく腐れ縁だし、名前も違う。好々爺の松井を見ていると、素性を偽っていることに少し胸が痛んだが、これもすべて由奈を救うためだ、と自分に言い聞かせた。

「これ、丹波さんからです。とても美味しいから食べて元気をつけてほしいって、言付けを預かってきました。あと、今日は用事があって来られないけれどまた来るとも言ってました」

松井は菓子折りを受け取ると、嬉しそうに眺めた。

「気に掛けてくれる人がいるってのはありがたいね。女房のところに行くのは、もう少し先にしようかな。ああ、そうだ。せっかくだから、遠藤さんも食べて行ってよ。ほら、そこに座って」

気分がいいらしく、松井は涼子にベッドのそばにある椅子を勧める。松井が言い出さなかったら、椅子を借りていいか、と自分から言おうと思っていた。涼子は心の内で、感謝の意を込めて両手を合わせた。

涼子が椅子に座ると、松井は妻との思い出話を、訥々《とつとつ》と語りはじめた。ときに微笑み、ときにどこか痛むような顔をしながら、自分と妻の半生を振り返る。

なにかで、心が弱ったときは誰かに話を聞いてもらうといい、と読んだことがある。松井は涼子に話しているようで、誰にも語り掛けていないように見える。きっと言葉にすることで、現実を受け入れようとしているのかもしれない。

妻が亡くなったところまでくると、松井は大きく息を吐き、我に返ったように涼子を見た。

「いやあ、すっかり話し込んでしまった。長くなって申し訳ない」

腕時計に目を落とすと、三十分が経っていた。もう少し松井の思い出話に付き合ってあげたいが、目的を果たさなくてはいけない。涼子は椅子から静かに立ち上がった。

「奥様との思い出を、お聞きできてよかったです。私もそれだけ大事に思える人と出逢えたらいいな、そう思いました」

松井が目を丸くする。

「まだ独り身かい？　恋人もいないの？」

涼子は肩を竦めた。

「残念ながら」

返事を聞いた松井の目が、生き生きとする。ベッドのうえで涼子のほうへ身を乗り出し、弾んだ声で言う。

「俺はこう見えて、広い人脈を持っているんだよ。いままでに取り持った男女の仲は、数えきれないほどだ。遠藤さんほどの美人なら、すぐに相手が見つかるよ。ああ、大丈夫。身元がしっかりした人しか、俺は紹介しないんだ。退院したら丹波さんに連絡するから」

気持ちはありがたいが、丹波が聞いたら腹を抱えて笑うだろう。相手の身元がはっきりしていても、涼子がそうでないのだから話にならない。困りながらも、楽しそうな様子の松井を見て、ほっとする。この様子だと、退院は間もない。

涼子は松井に暇を告げて、病室を出た。由奈がいることを願いながら、談話室に向かう。なかを覗いた涼子は落胆した。由奈の姿はなく、部屋には親子と思われる男性がふたりいるだけだった。

部室に入り、涼子はふたりから少し離れたところの椅子に座った。ここで由奈を待ってみよう。少しのあいだならば、看護師も不審に思わないはずだ。バッグから携帯を取り出し、どこからか連絡が入っていないか確認する。涼子はしばらく携帯を見ているふりをしながら時間を稼いだ。

しかし、由奈はやってこない。もう少し粘ろうと思ったとき、ひとりの看護師が談話室の前の廊下を横切った。部屋と廊下のあいだにある窓から、看護師はなんとはなしになかを見て過ぎ去っていく。

涼子は携帯をバッグにしまい、椅子から立ち上がった。あの看護師が戻ってきたとき、まだ涼子がひとりでいたら不思議に思うかもしれない。万が一、身元の確認をされたらややこしいことになる。今日はもう引き上げたほうがいい。

涼子が部屋から出ようとしたとき、廊下の突き当たりにある重厚なドアが開いて、A棟からひとりの女性がこちらへ歩いてくるのが見えた。

由奈だった。

淡いピンクの病院着に、白いカーディガンを羽織っている。点滴をしているらしく、片手で点滴台を引いていた。もう片方の手は、廊下に備え付けられている手すりを摑んでいる。おぼつかない足取りは、わずかな風でもよろめいて倒れそうに思えた。

涼子は踵を返し、談話室へ引き返した。今日は由奈に会えないかと思ったが、ついている。さきほどまで座っていた椅子に腰を下ろし、由奈が来るのを待つ。

やがて、由奈は談話室へやってきた。部屋をゆっくりと横切り、窓際の席へ座る。病院着のうえからでも肩甲骨の形がわかるくらい薄い背中が、大きく上下している。病棟の出入り口からここまではほんのわずかな距離なのに、息が切れたらしい。それだけでも、由奈の体力がかなり落ちていることがわかる。

涼子は椅子から立ち上がると、外の景色を眺める風を装い、窓際に立った。由奈は、目の前に立った女性が目に入らないらしい。黙って俯いている。涼子はさりげなく、手にしていたバッグを落とした。

由奈の肩が、ぴくりと跳ねた。

涼子はその場にしゃがみ、落としたバッグに手を伸ばした。その姿勢のまま、したから由奈の顔をのぞきこむ。

「ごめんなさい、びっくりさせちゃった」

声をかけられた由奈は、ゆっくりと顔をあげた。うつろな目が涼子を捉える。瞳に生気はないが、焦点は合っていた。

涼子は警戒心を抱かせないために、穏やかな笑みを作り訊ねた。

「ひとつ、教えてほしいの。ここって、飲み物や食べ物を持ち込んでもいいのかしら」

由奈は長い間のあと、小さく頷いた。

「よかった」

涼子は拾い上げたバッグから、一口サイズのフィナンシェをふたつ取り出した。さきほど松井に渡したものだが、自分ひとりでは食べきれないから、と松井が持たせてくれたものだ。それをひとつ、由奈に差し出す。

「ここに入院している患者さんに持ってきたものだけど、少し貰ったの。このフィナンシェ、美味しいって評判なの。よかったらどうぞ」

手元になにもなかったら、別なことを会話の糸口にしようと思ってはいたが、涼子は経験から、事実が一番自然で相手に疑問を抱かせない、と知っている。菓子を持たせてくれた松井に、心から感謝する。

由奈はじっと涼子を見つめていたが、膝のうえに置いていた手をそっと菓子に伸ばした。骨が浮いている手に、菓子を握らせる。由奈は両手で持つと、目の前に持っていった。めずらしくもないものを、じっと眺める。

「食べてみる？」

涼子が訊ねると、由奈はかすかに首を横に振った。

「いらないの？」

こんどは頷く。

「フィナンシェ、嫌い？」

また、首を横に振る。

「じゃあ、あとで食べてね」

涼子がそう言うと、由奈は菓子を持っている手を膝に置き、窓の外に目を向けた。わずかに開いている窓の隙間から、湿った秋風が入り込んでくる。

「寒くない？　閉めようか」

涼子が窓に手をかけると、耳にかすかに声が聞こえた。振り返ると、由奈が涼子を見ていた。ようやく聞き取れるほどの声でつぶやく。

「これ、食べたくない」

涼子は点滴台にぶらさがっている、輸液バッグを見た。由奈が受けている点滴は、ＴＰＮ――中心静脈栄養法のものだった。衰弱がかなり進んでいる状態に用いる、様々な成分が配合された高カロリーのものだ。

実際にこの目で由奈を見て、涼子は丹波の気持ちが少しわかるような気がした。

これくらいの年頃の多くは、若さを謳歌しているだろう。学業、恋愛、趣味、なんでもいい。なにかに興味を持ち、楽しさや苦しみを経験しながら前に進んでいる。

しかし由奈は、生きることに関心を失ったように、生気のない目をして点滴のチューブに繋がれている。こんなにやつれた姿を見たら、丹波でなくともなんとかしてあげたくなる。

涼子は、ついさっきまで自分が使っていた椅子を取りに行くと、由奈の前に置いた。由奈と向き合う形で、椅子に座る。

由奈は少し戸惑った顔をしたが、嫌がる様子はなく黙って涼子を見つめる。涼子は由奈の全身を、わざと上から下まで眺めた。

「その様子だと、なにも食べていないようね。なにか、食べたいものはないの？」

由奈が頷く。

「ゼリーとかアイスとか、口当たりがいいものとかは？」

やはり頷く。

涼子は由奈を刺激しないよう、細心の注意を払いながら言葉を引き出す。

「私には、高校生の姪がいるんだけど、あなたもそれくらい？」

由奈の年齢は知っているが、知らない振りをする。由奈は首を横に振り、か細い声で答えた。

「二十歳です」

涼子は由奈の答えに問いで返す。

「じゃあ、大学生？」

「二年生です」

涼子はいない姪の話を作り上げ、由奈の周囲を探る。

「姪とはよく会うんだけど、彼女、いまＫ－ＰＯＰにはまってるの。推しのグループがいて、まわりでも好きな子が多いんだって」

涼子はネットでよく目にするアーティストの名前をあげた。

「そのグループ、知ってる？」

由奈は抑揚のない声で言う。

「知ってるけれど、私は興味ありません」

へえ、と涼子は関心があるような素振りを見せ、もう少し踏み込んだ。

「そのグループ、大学生には人気がないのかな。大学の友達で、そのグループが好きな人っていない？」

由奈の目に、戸惑いが走った。大学の友達――その言葉に反応した。一瞬のことだったが、涼子は見逃さなかった。どうやら、そこに由奈は触れられたくないらしい。

動揺させないように話し好きの女を装い、軽い調子で話を続ける。

「好きなことがあるのはいいけれど、洋服やグッズを買いまくって大変なの。私の時代でグッズといえばペンライトやうちわぐらいだったけど、いまはコスメやお菓子とかもあるのね。そういうのを、沼にはまるって言うらしいけど、友達でそういう人いる？」

由奈はひと言だけ答えた。

ないほうがいい。

「知りません」

そう言うと、もう涼子とは話さない、というように再び窓の外へ顔を向けた。フィナンシェを持った手が、かすかに震えている。平静を装っているが、心は乱れている。これ以上は踏み込まないほうがいい。

涼子はわざとらしく腕時計に目をやり、驚いたふりをした。

「もうこんな時間。行かなくちゃ」

由奈に礼を言う。

「お話ししてくれてありがとう。早く良くなってね」

由奈はなにも言わない。涼子の声が聞こえていないみたいに、黙って窓の外を見ている。涼子は座っていた椅子をもとに戻し、談話室を出た。

外へ出ると、涼子は病院の駐車場へ向かった。

広い駐車場には、多くの車が停まっている。そのなかから、白い軽自動車を見つけると、涼子は助手席のドアを開けて乗り込んだ。

倒れていた運転席のシートがあがり、座っていた貴山が寝ぼけ眼《まなこ》で自分の腕時計を見やる。

「もうこんな時間か。けっこうかかりましたね」

こっちが仕事をしているあいだ、のんびりと仮眠をとっていたなどのんきなものだ。涼子はむっとして言い返した。

「由奈ちゃんが談話室にいなかったんだから、しょうがないでしょう」

「会えなかったんですか?」

涼子は首を横に振る。

「諦めて出直そうと思ったとき、やってきた」

「どうでした?」

由奈の痩せ細った姿を思い出し、胸が痛む。涼子は手短に、由奈と話した会話の内容を伝えた。

しっかりと目が覚めたのか、貴山は真面目な顔でつぶやいた。

「大学の友人——」

涼子が頷く。

「そう、その言葉に由奈ちゃんが反応したの。彼女が摂食障害になってしまった原因は、そこにあると思う」

涼子は助手席のシートにもたれ、貴山を見た。

「丹波さんから、頼んでいる由奈ちゃんの友人関係について、連絡はあった?」

貴山が、シャツの胸ポケットに入れていた携帯を取り出した。

「私が寝る前に、丹波さんからメールが届きました」

貴山は画面を開き、次々と人の名前を読みあげていく。五十名ほど続いたが、まだ終わる気配はない。涼子は途中で貴山を止めた。

「ストップ。それが由奈ちゃんの友達? いったい何人いるの?」

貴山は画面を指でスクロールしながら答える。しばらくのあいだ黙って画面を眺めていたが、やっと口を開いた。

「いま改めて確認しましたが、二百五名です」

「そんなに?」

思わず大きな声が出る。

「大学で同じゼミだった学生に加え、SNS——人と人が交流できるインターネットサービスで繋がっていた人たちもいます。丹波さんは、彼女と同じ年ごろの人間に絞ったと言っていました」

由奈が開設していたSNSは、いまは閉鎖している。閉じた時期は去年の十一月——由奈が摂食障害になってから、およそ三ヵ月後だった。SNSが残っていないのは悔やまれた。記録を溯《さかのぼ》れば、大学一年生の夏、由奈になにがあったのか辿れたかもしれない。

それにしても——涼子は重い息を吐いた。二百人を超える人間をどう調べればいいのか。頭を悩ませていると、貴山がにやりと笑った。勝ち誇ったような顔が気に入らない。涼子は食って掛かる。

「なによ、その顔」

「全員を調べる必要はありませんよ」

「どういう意味?」

貴山は携帯を操作し、画面を涼子に見せた。そこには十名の名前があった。

「これは?」

「さっきのリストからさらに絞った、五十嵐由奈と関係性が深いと思われる人物です」

貴山の説明によると、丹波からリストをもらってすぐに、全員の名前をインターネットで検索し、ＳＮＳを使用しているか調べた。使用目的やどのサービスを利用しているかはそれぞれ違うが、なにかしらのＳＮＳを誰もが開設していた。

貴山は丹波からもらったリストのなかから、由奈と表面上の登録のみの関係ではなく、実際に親しくやり取りをしていた人をピックアップしたという。

貴山は画面を閉じて、自分の胸ポケットに携帯を戻した。

「とりあえず十人選びましたが、このなかにキーマンがいなければ、次に関係性が深いと思われる十人をあたります。いわゆるローラー作戦です。それが、一番早い方法かと」

涼子は改めて、貴山の頭の良さを痛感した。涼子が病院に入ったのは、いまから二時間ほど前だ。丹波からメールが届いたのが、涼子が車を降りてすぐだとしても、たったそれだけのあいだに、二百名を超える人物から由奈と親しくしていたと思われる人物を上位十名に絞るなど、ＩＱ一四〇は伊達ではない。

「あなたは顔だけじゃなくて、頭もいいわね。いい男」

せっかく褒めたのに、貴山が喜ぶ様子はない。不機嫌な顔で言い返してくる。

「その手には乗りませんよ。あなたが私を褒めるときは、なにか裏があるに決まっています」

涼子はぎくっとした。図星だった。狭い車内を眺めながら、口ごもる。

「いえ、ほら、そのいい男がこんな車に乗ってるなんて、どうかなと思って。フェラーリのローマとまではいかなくても、もうちょっと似合いそうなのがあるんじゃないかな」

いま、涼子たちが乗っている車は、中古の軽自動車で走行距離は十万キロを超えている古いものだった。この時代に鍵は昔の差し込むタイプだし、ギアチェンジはマニュアルだし、シートはボロボロ。ヘッドライトはくすみ、ボディはいたるところに擦り傷やへこみがあった。本来なら廃車になるところを、貴山がタダのような値段で購入したのだ。

前の車を手放したからこれからこの車を使う、と聞いたときはショックで倒れるかと思った。涼子は車が好きだ。好みなのは、余計な装飾がなく、性能がよく、機能美に優れているものだ。運転が楽なものもいいが、涼子が求めるものはそこではない。ハンドルを握ると地面の抵抗が感じられ、エンジンの回転数が一気に跳ね上がる感覚。それを持つ車が涼子にはたまらない。

しかし、貴山が買ってきたのは、涼子の好みとは百八十度違うものだった。上水流エージェンシーの経営が赤字のいま、すべての経費を削らなければいけない、という。

古い車は燃費が悪いし、故障したら修理費がかかることを建前にして、もっと状態がいい車にしたほうがいいと抵抗したが、貴山は首を縦に振らなかった。赤字を解消して黒字に転換し、マロのために設備を整えるのだと言ってきかない。

貴山はマロのことでは絶対に引かない。ここで揉めて事務所をやめられたら大変だ。致し方なく、涼子は気にそぐわない車を使うことにした。しかし、乗っているとやはり気が滅入る。今回も、自分で運転してきてもよかったのだが、どうしてもその気になれず貴山に運転を頼んだ。

涼子の目論見に気づいたらしく、貴山は険しい顔で涼子を睨む。

「そんな高級車が買える状況ではありません。それに、まずはマロの快適な暮らしを確保することが先決です。車の購入の検討はそれからです」

「買い替えるつもりがあるの？」

涼子は身を乗り出した。

貴山が別な車の購入を考えているのは、想定外だった。貴山は、上質なものを好むが、世間一般に贅沢と呼ばれるものには興味がない。車も、自分が不便だと思わなければ、見た目はどうでもいい。貴山の口から、この車に対する不満を聞いたことがないから、きっと壊れるまで乗るのだろう、と思っていた。

涼子はここぞとばかりに、説得にかかった。

「あなたはいつも、上質なものが好きって言ってるじゃない。この車は、そのポリシーに反しているんじゃないの？」

貴山は、ふと窓の外へ目を向けた。

「たしかに、この車は私のポリシーに反します。だから、マロを飼う環境が整ったら、次は車を買い替えようと思っています。そして自分のポリシーのほかに、もうひとつ買い替えなければならない理由があります」

「なに？」

「私たちの仕事は、目立ってはいけません。でも、この車はひと目についてしまう。ほら」

貴山が、涼子がいる助手席側の窓を指差す。指先を追って外を見ると、近くを歩いている男性が、この車をじろじろ見ていた。目には、好奇心と憐憫が入り混じった色が浮かんでいた。こんな古い車がまだ走るのか、とか、よほど金がないんだろうな、とでも思っているのだろう。

涼子はいたたまれず、下を向いた。俯いたまま、貴山を横目で見る。

「早くこの問題を解決して、別な依頼を引き受けましょう。お金がなければ、なにをするにも話にならない」

貴山が同意する。

「もちろんです。じゃあ――これからどうしますか?」

涼子はそのままの姿勢で指示を出す。

「とりあえず、事務所に戻る。あなたがピックアップした十人の情報を、もっと集めましょう。それが済んだら、誰に、いつどこで、どんな方法で当たれば怪しまれないかを相談する。それが決まったら、実行あるのみ」

「了解」

そう言って、貴山が車のキーを回してエンジンをかけた。車を発進させたとたん、いきなり急ブレーキをかけた。反動でシートベルトが肩に食い込み、痛さに思わず声をあげる。

「なにしてんのよ。こんな乱暴な運転するなんて、あんたゴールド免許って嘘でしょう」

貴山はギアをパーキングに入れ、胸ポケットにしまっていた携帯を取り出した。着信のバイブレーターが鳴っている。画面を見た貴山は、短く言う。

「丹波さんです」

貴山が携帯に出た途端、涼子のところまで怒鳴り声が響いた。

「おれだ！　あいつ、なにしてんだ！　いつも携帯は繋がるようにしておけって言ったのに、なんどかけても通じねえぞ！」

携帯から漏れ聞こえてきた言葉に、涼子はバッグから自分の携帯を取り出した。着信が十件入っている。すべて丹波からだった。病院のなかでは、電源を切っていたから気が付かなかった。

「ちょっと、待ってください。かわります」

貴山は携帯を耳から離しながらそう言うと、顔をしかめながら涼子に差し出した。しぶしぶ受け取り、丹波に怒鳴らせる暇を与えないよう、早口でまくし立てる。

「ちょうどよかった。いま連絡しようと思ってたの。たったいま、病院から出てきたとこ。あんたからの電話、グッドタイミングね。やっぱりできる刑事は、勘所がいいのね」

丹波は、涼子の煽《おだ》てに乗らなかった。丹波の悪いところはいくつもあるが、そのひとつに、いちど頭に血がのぼるとなかなか冷めない、というのがある。話もろくに聞かず、涼子を大声で怒鳴った。

「お前、俺が言ったこと忘れたのか！　いったい何回電話をかけたと思ってるんだ！」

「忘れてないけど、病院では携帯を使っちゃいけないから電源を切っていたのよ」

「病棟にも通話可能な場所はあるだろう！」

涼子はカチンときた。無報酬で動いてやっているのに、その言い方はなんだ。下手に出ていればいい気になって。丹波に恩を売っておけばあとで美味しい見返りがあるかもしれない、そう思い引き受けたが、依頼を解決するまでこんな調子で怒鳴られるのはごめんだ。

涼子はむしゃくしゃして、長い髪を乱暴に掻き上げた。きつい口調で言う。

「ねえ、なんか勘違いしてない。私、あんたの部下じゃないんだけど。私はいつだって、この件から手を引いてもいいのよ」

言われて、自分が涼子に頭をさげる立場であることを思い出したのだろう。丹波は急に猫なで声で、機嫌をとってきた。

「やあ、大きな声を出して悪かった。おれが短気なのは、知ってるだろう。そう怒るなよ。それより、どうだった。彼女に会えたか」

ここで言い合っても仕方がない。涼子は手短に、由奈と会ってきたことを伝えた。

「由奈ちゃん、思っていたより衰弱してた」

携帯の向こうで、丹波が続きを急かす。

「それで、ああなっちまった理由、わかったか」

由奈が心配なのはわかるが、せっかちにも程がある。涼子は呆れた。

「そんな簡単に、わかるわけがないでしょう」

「ああ、そうか——そうだな」

落胆した声で、丹波はつぶやく。こんな弱々しい丹波の声は聞いたことがない。口が悪く無神経なこの男が、涼子はいつも煙たいが、今日はなんだか不憫に思えてくる。

涼子は丹波を元気づけるために、努めて明るい声で言う。

「でもね、由奈ちゃんの様子から、摂食障害になったきっかけは大学の友人にあるように思ったの。貴山があんたから、由奈ちゃんの交友関係に関するリストを受け取ってるけど、そのなかから交流が深そうな十人をピックアップした」

丹波が驚いた。

「あんな大勢から、もう絞ったのか？」

涼子は隣にいる貴山を見た。

「私じゃなくて、貴山がね。礼なら彼に言ってね」

「そいつらの名前を、おれにも教えろ。こっちでも、やれる範囲で調べてみる」

「名前は教えるけれど、丹波さんは動かないほうがいいと思う」

丹波がむっとしたように言う。

「なんでだよ」

涼子は説明する。

「だって、今回は事件じゃないじゃない。事件なら丹波さんは刑事として動けるけれど、由奈ちゃんの件は個人的な事情だから表だって動けない。だから、私のところに来た。長く刑事をしている丹波さんならわかると思うけど、自分の案件に中途半端に首を突っ込まれたくないのよね。下手に動かれて、いざ自分たちが調べようと思ったとき、すでに相手が警戒してしまっていて話を引き出せない、なんてことがあるからね」

経験があるのだろう。丹波は涼子の意見を受け止めながらも、納得しきれないらしい。しどろもどろになりながら、涼子に言う。

「それはそうだが、なにもしないでいるってのも、どうも落ち着かなくて――」

諦めの悪い丹波に、涼子はがつんと言った。

「冴えない中年オヤジが、若い大学生のまわりをうろちょろしてたら、本人もまわりも変に思うでしょう。今回は私たちに任せて大人しくしてて」

自分が身だしなみに無頓着なことは本人もわかっているのだろう。しかし、冴えない中年オヤジ、との言葉に多少は傷ついたらしく、ぼそっと言い返す。

「お前も大学生から見たら、おばさんだろう」

「なんか言った？」

丹波は慌てて、否定した。

「いや、なにも言ってねえよ。わかったよ、今回は大人しくしてるよ」

「あとで貴山から、ピックアップした十人の名前をメールで送らせる。じゃあね」

涼子は一方的に電話を切った。

「ほんと、失礼な男」

「車、出していいですか？」

頷きかけた涼子は、クラッチペダルを踏みながら、ギアをローに入れようとした貴山を急いで止めた。

「ちょっと待って」

バックミラーを自分に向け、顔を四方から念入りに眺める。丹波の言うとおり、大学生から見たらおばさんだが、ちょっと変装すれば二、三年留年して大学に入った現役生に見えなくもないのではないか。

「うん、まだいけるわよね」

自分で自分に言い聞かせた言葉に、貴山が反応した。

「なにがですか?」

涼子は気恥ずかしくなり、バックミラーの向きをもとに戻した。

「なんでもない、行くわよ」

貴山が車を発進させる。車が古すぎて、サスペンションがいかれている。舌を噛みそうなくらいの大きな揺れに耐えながら、涼子はいまどきの大学生のファッションを携帯で調べはじめた。

三

大学の正門をくぐった涼子は、胸いっぱいに空気を吸った。

「懐かしいにおいがする。なんだか、胸がきゅっとなる。あえて名前をつけるなら、青春のにおい、かな」

隣を歩いていた貴山が、足元に目を落とし、鼻をつまんだ。

「銀杏の実がいっぱい落ちてますね。紅葉に染まったイチョウはきれいだけれど、実はけっこうにおいがきついんだよな。私はこのにおいが苦手です」

涼子は横目で貴山を睨んだ。

感傷に浸っている涼子にわざと言っているのか、それともなんの考えもなく言っているのか。いずれにせよ、強固なまでに現実主義の貴山に、ノスタルジーを理解しろというほうが無理なのだ。

それにしても——

涼子は改めて、貴山を眺めた。今日の貴山は、ビンテージ風のジーパンに、スウェットのパーカー、スポーツメーカーのスニーカーといったカジュアルな服装だった。模様や凝ったデザインはなく、いたってシンプルなコーディネートだが、これが悔しいほど似合っている。目立った装飾がないぶん、スタイルや顔立ちのよさが際立っていた。

自分の助手だから、という贔屓《ひいき》目でないことは、そばを通りすぎていく大学生の視線を見ればわかる。男の子も女の子も、貴山をタレントかモデルを見るような目で眺めていく。

涼子たちの仕事上、車もそうだが自分たちも目立ってはいけない。しかし、いまの貴山はキャンパスに馴染もうとした結果、逆に浮いてしまっている。

涼子は貴山に、それとなく言う。

「ねえ、あなたちょっと売店に行って、帽子でも買ってきてよ」

「どうしてですか?」

面白くないが、貴山に伝える。

「あんた、目立ちすぎ。帽子で顔を隠して」

涼子と貴山は、由奈が在籍している大学——光清《こうせい》学院大学へ来ていた。創立百年余りの歴史があり、長距離走やラグビーなどのスポーツで有名だ。

丹波から受け取ったリストでは、貴山がピックアップした十人のうち、六人がこの大学の学生だった。あとの四人は別な大学で、ふたりは由奈と会った形跡はあったが数回程度、ほかのふたりはSNS上の繋がりのみだった。接点が少ないと思われるその四人は後回しにし、先に由奈と同じ大学の学生を、直に調べに来ていた。

目立ちすぎ――その言葉に貴山は、意外そうな顔であたりを見渡した。たしかに視線を感じたようだが、涼子とは認識が違うらしく鼻で笑った。

「目立っているのは私ではありません。あなたです」

涼子も、自分へ視線が注がれているのはわかっていた。自分でも、多少はひと目を惹く容姿をしているとわかっている。決して、自惚れではない。実際にいままで、人から見た目を褒められたことは幾度もある。それなのにいまだに独身なのは、人としての魅力に欠けるからだ。

いままでの経験から、人の価値は中身で決まる、と思っている。美醜の感覚など時代で変わるし、現代では見た目など金を積めばどうにでもなる。

しかし、中身だけはどうにもならない。さまざまな苦難を乗り越え人として成熟した人間には、どんな美男美女も敵わない。人として魅力的な人間が、性別や年齢を超えて人から愛される。

涼子が目標としているのは、そんな人間だ。だから、見た目をどうこう言われても、なにも思わない。しかも、貴山は涼子が目立っているというが、それはこの場においては貴山のほうだ。

貴山は他人のことには敏感なのに、自分のことには鈍感だ。

今日の涼子の服装は、どこにでもある白いシャツにグレーのパンツスーツ、バッグは装飾のない黒の縦型トートといったもので、貴山と同じくシンプルなものだった。大学のキャンパスで目立たないように気を遣ったのだ。

しかし、若さの違いか、キャンパスを歩いているのが女性が多いからか、圧倒的に貴山のほうが注目されている。それに気が付かないのだから、自分に関心がないにもほどがある。いずれにせよ、ふたりとも性格に難ありなのは間違いない。

説明するだけ時間の無駄だ、そう思った涼子は余計なことは言わず、貴山の腕を掴んで売店に向かった。

売店は、昭和の雑貨店かと思うような造りだった。さすがにモバイル関係の小物はあるが、商品の大半は、ペンやノートといったオーソドックスな文房具と、無地のフェイスタオルや洗濯用洗剤などの日用品、スナック菓子や菓子パン、カップ麺などの軽食だった。

「帽子、帽子――」

涼子が商品が並んでいる棚をひとつひとつ見ていくと、黙ってあとをついてきた貴山が、いきなり急に後ろから涼子の腕を掴んだ。

「ちょっと、なにすんのよ」

驚いて声をあげた涼子を、貴山が強引に棚の陰に連れて行った。

涼子は自分の腕を掴んでいる貴山の手を、乱暴に振り払った。

「そんなに強く握ったら痛いじゃない。あとが残ったらどうすんのよ」

「しっ」

貴山は自分の口に、人差し指を押しあてた。涼子が黙ると、その人差し指を売店の出入口に向けた。

「あの男性、リストのなかのひとりです」

涼子は貴山の指の先に、目を凝らした。ちょうど、ひとりの男性が売店に入ってきたところだった。背が高く、やせ型で、黒いチノパンにカーキ色のカットソーを着ている。髪は短く、シックな黒ぶちの眼鏡をかけていた。少し背中を丸めて歩く以外は、背中にギターケースを背負っていることしか、特徴はない。

「間違いないの？」

貴山は肩から掛けているボディバッグから、自分の携帯を取り出した。操作して画面を涼子に見せる。画面には個人のＳＮＳが表示されていた。自己紹介の欄に、桂木大介《かつらぎだいすけ》、とある。この大学の経済学部に通う四年生。サークルは音楽研究部、担当はギターとある。アイコンは、一台のアコースティックギターだった。

「ギブソンのハミングバードね」

ギターのボディにあるピックガードと呼ばれる部分に、鳥と花が描かれている。これが、このギターの特徴だ。

しかし、貴山は否定した。

「いえ、ギブソンは間違いありませんが、これはダヴですね。ほら、よく見てください」

貴山はアイコンの画像を、指で拡大した。

「ピックガードの模様、ハミングバードはハチドリと花ですが、これは鳩と花です。鳩と花はダヴの模様です」

画面に目を近づけてよく見ると、たしかに鳥は鳩だった。自信満々で言ったのに、訂正されてちょっと悔しい。こんな細かいところに気が付くのなら自分に対する視線にも気づけ、と思う。

「それで、この桂木って人物があの学生なのね」

貴山は画面をスクロールして、SNSにアップしている一枚の画像を出した。そこには、若い男性が三人写っていた。一番右端にいるのは、いましがた売店に入ってきた男性だった。

「これが、このサイトの開設者の桂木――あの男性です。横のふたりは、同じ音楽研究部の部員のようです。近くのライブハウスで演奏したときのもののようです」

「弾いてるジャンルは?」

涼子が訊ねる。

「ロックですね」

貴山がいくつかのバンドの名前をあげる。涼子は落胆の息を吐いた。

「ロックを選ぶのはいいけど、どうせならそんな軽いものじゃなくて、スラッシュメタルくらいやればいいのに」

貴山が呆れたように言う。

「いまの人には、ちょっとヘビー過ぎませんか」

「そんなんだから、いまの若者は根性がないって言われちゃうのよ」

鼻息を荒くする涼子に、貴山がぼそりとつぶやく。

「涼子さん、最近、丹波さんに似てきましたね。それって、場合によってはパワハラですよ」

涼子はぎくりとした。

「そんなことは——」

ない、と言い返そうとしたとき、桂木がこちらにやってきた。相手が自分たちを知るはずもないが、反射的に顔を見られないように背を向けた。

桂木がサンドイッチと缶コーヒーを買い、売店を出ていく。涼子と貴山は、あとを追った。

売店を出た桂木は、キャンパスの奥へ向かって歩いていく。やがて、ひと気の少ない中庭のベンチに座り、背負っていたギターケースから中身を取り出した。膝に抱き、弦をつま弾く。手にしているギターは、SNSのアイコンにあったギブソンのダヴではなく、もっとリーズナブルで初心者向きのものだった。アイコンの画像は、憧れのギターを遣ったのだろう。

少し離れた場所から見ていると、貴山が涼子に訊ねた。

「これから、どうします?」

わかりきっていることを訊く貴山に、涼子は苛立った。こうしているあいだにも、由奈の身体は弱っていく。早く由奈の心が病んでしまった原因を突き止めなければ、大変なことになりかねない。涼子は深呼吸をして、覚悟を決めた。

「突撃、あるのみ。行くわよ」

涼子は桂木に向かって歩き出した。後ろで貴山の慌てた声が聞こえる。

「え、ちょっと涼子さん。まだなにも相談してませんよ。私はどうすればいいんですか」

涼子は顔だけ後ろに向けて答えた。

「適当に話を合わせて」

「そんな――」

文句を言いながらも、貴山はあとをついてくる。

涼子は桂木の前に立つと、おずおずといった風を装い声をかけた。

「あの、桂木さんですよね。音楽研究部の」

見知らぬ女性から声をかけられた桂木は、弦をつま弾いていた手を止めて、少し驚いたように涼子を見た。

「そうだけど、あんた誰」

ぶっきらぼうな言い方が気に入らないが、若い表現者が斜に構えた態度をとることはよくある。涼子は思いっきり、はしゃいでみせた。

「やっぱり！　桂木さんがここの大学だってＳＮＳで見ていたから、もしかして会えるかもって思っていたら、本当に会えちゃった。私、桂木さんのファンなんです！」

「俺の？」

涼子は神様に拝むように、胸の前で手を組んだ。

「このあいだ、ライブハウスで演奏しているところを見たんです。桂木さんのギター、最高だった！」

態度はひねくれているが、根は素直なのだろう。おだてられた桂木は、あからさまに相好を崩した。

「へえ、それってどこのライブハウスかな」

訊かれても涼子はわからない。隣にいる貴山を見る。

「ねえ、あれ、どこだったかしら。ええっと、たしか――」

暴走する涼子の尻拭いをするのはいつものことだ、そう諦めているらしく、貴山は気が乗らない感じで答えた。

「この近くの、モッズハウスです」

貴山の記憶力は、ずば抜けている。一度目にしたものは忘れない。桂木のＳＮＳもざっと目を通しただけのはずだが、内容をすべて覚えているのだろう。おそらくよく使うライブハウスがモッズハウスなのだ。そこの名前を出しておけば概ね話は通る、そう踏んだのだ。

案の定、桂木は、ああ、と嬉しそうな声をあげた。

「メインのバンドの前座をしたときだよね。あのときは、メインのやつらより俺たちのほうが評判がよかったんだよ。俺たちが演奏した二曲目、聴いた？」

貴山がアメリカの有名なロックバンドの名前をあげる。

貴山が口にしたロックバンドの名前に、桂木が嬉しそうに反応する。

「そうそう、それだよ」

貴山は優雅に微笑む。

「そのバンドの初期の頃の曲を、アレンジしたものでしたよね。コードは簡単だけど、アルペジオで滑り、弾きのテクニックの難易度が高く、素晴らしかったです」

桂木が、嬉しそうに身を乗り出す。

「そうなんだ。簡単そうに見えて実は難しい曲なんだ。あんたも音楽やるの？」

「ええ、まあほんのちょっと」

桂木と貴山は、音楽の話で盛り上がった。仕事柄、涼子はどんな客が来ても話を合わせられるように、絵画、音楽、料理などどのジャンルもひととおりの知識は持っている。しかし、ふたりの話はその涼子がついていけないぐらい専門的な部分にまで及んだ。

いつまで経っても、話は本題に入らない。しびれを切らした涼子が口を挟もうとしたとき、桂木が貴山に頼みごとをした。

「ねえ、腕のいいドラマー紹介してくれないかな。いまのやつ、一年ほど前から一緒にやってるんだけど、センスがいまひとつで、かわりを探してるんだよね。あんた音楽に詳しいし、誰かいいやついない？」

貴山は、逆に訊き返した。

「桂木さん、ＳＮＳしてますよね。ネットで募集したほうが早いんじゃないですか」

貴山の質問に、明るかった桂木の顔が曇った。

「まあ、そうだけど、ああいうコミュニティっていろいろ事情を知ってるやつが多いから、逆にやりづらいんだよね」

「というと?」

涼子は思わず口を挟んだ。桂木は迷うように黙っていたが、やがて諦めたように説明した。

「ここで言わないで、あとで揉めても嫌だから言うけどさ。前にドラムやってたやつ、自殺しちゃったんだよね」

穏やかではない話に、涼子は自分でも気づかず、視線が鋭くなっていたらしい。桂木が慌てて言い訳のように言う。

「はっきり言っておくけど、俺たちが理由じゃないよ。それなのに、ネットであることないこと書くやつがいて、俺たち迷惑してるんだよ」

「あることないことって?」

さらに涼子は問う。桂木は見えない相手を睨むように、遠くを見やった。

「バンドのメンバーと揉めていた、とか、バンド内でいじめがあったとか、くだらねえ憶測だよ。俺たちはみんな仲が良かった。音楽のことで言い合いになったことはあったけど、そんなのすぐに仲直りして、楽しく活動してた。ずっとこのメンバーでライブしたいな、ってみんなで言っていたんだ。それなのに、関係ねえやつらが面白がって適当なことをネットで拡散したから、あのバンドには関わらないほうがいいって噂がたっちまったんだ」

桂木は貴山に拝むように手を合わせると、縋るような目で見た。

「だから、ネットじゃあ募集をかけても誰もこないんだよ。なあ、このとおり、誰かいいドラマー紹介してくれよ。本当に、俺たちはネットで言われているような、ひどいバンドじゃねえよ」

貴山は返事をするかわりに、訊き返した。

「自殺した人の名前は、なんて言うんですか」

桂木は一瞬、どうしてそんなことを訊くのか、というような顔をしたが、素直に答えた。

「豊岡陸《とよおかりく》だよ」

貴山の目が鋭くなる。それは、涼子にしかわからないほど、わずかなものだったが、たしかに貴山の目つきがかわった。この目で見たことはないが、獲物を見つけた獣はこんな目をするのだろう、そう思わせるものだった。

「あなたは先ほど、いまのドラマーにかわったのは一年ほど前と言いましたが、豊岡さんが亡くなったのは、去年の夏ではありませんか」

貴山の言葉に、こんどは桂木の目つきがかわった。こちらは誰の目から見ても明らかなほど、瞳に動揺の色が浮かんでいた。

「そうだけど、どうして知ってんの？　もしかして陸の知り合い？」

貴山は太々しい態度で、適当な返事をした。

「いいえ。ふと、そう思っただけです。ちなみに桂木さんは、五十嵐由奈さんという人を御存じですか」

桂木が眉根を寄せる。ここにきてやっと、貴山と涼子を不審に思ったようだが、すでに話は貴山のペースで、そこから再び音楽のほうへ流れを戻すのは無理だった。桂木は涼子と貴山の反応を窺うようにしながら、貴山の問いに答えた。

「いや、知らない。その人、なに？」

嘘を吐いている様子はない。貴山がにっこり笑い、話を打ち切った。

「お時間を取らせましたね。すみません。お会いできて嬉しかったです。じゃあ、また」

貴山が涼子に、行きましょう、と目で合図をしてくる。涼子は頷き、歩き出した。

「え、ちょっと、待ってよ。ねえ、ちょっと！」

引きとめる桂木を無視して、ふたりは大学のキャンパスを出た。少し先の角を曲がり、涼子は後ろを確かめた。桂木があとを追ってくる気配はない。涼子はほっと息を吐き、貴山に訊ねた。

「ねえ、豊岡陸って、誰なの。その名前を聞いたとたん、あなたの目がかわった。それに、去年の夏に自殺してるって、由奈ちゃんが摂食障害を患いはじめた頃と一致する。由奈ちゃんとなにか関係があるのね」

貴山は自分の携帯を開き、画面を涼子に見せた。

「これ、見てください」

画面には、豊岡陸、という名前があった。桂木と同じSNSを開設していて、アイコンは有名なプロのドラマーの名前が入ったドラムスティックだった。自殺した本人のSNSだった。陸が亡くなったという昨年の夏以降、投稿はなく返信もできない設定になっていた。おそらく、急な別れを受け入れられない遺族が、しばらくこのまま残していこう、と思ったのだろう。きっと、陸が繋がっている仲間に、由奈がいるのだろう。涼子は貴山に詰め寄った。

「豊岡陸のＳＮＳに登録している仲間に、由奈ちゃんがいるのね。ねえ、そうでしょう」

貴山の返事は、涼子が思っていたものとは違った。

「いいえ、彼女はすでに自分のＳＮＳを閉鎖しています。閉じる前に繫がっていた仲間をすべて切ったらしく、名前の記録はどこにもありません」

涼子は肩を落とした。てっきり貴山が、豊岡陸と由奈の繫がりを見つけたのかと思った。

涼子ががっかりしていると貴山は、でも、と言葉を続けた。

「でも、彼女が豊岡陸と繫がっていたという証拠は残っています」

「え？」

貴山が携帯の画面を下にスクロールし、ある画面を涼子に見せた。

「ここ、見てください」

その投稿は去年の五月十五日のもので、自分たちが参加したライブの感想が書かれていた。

『今日のライブ最高！　観に来てくれた人たちに感謝！』

その投稿に、ライブを観にいった客らしき人たちが返事をしている。

『絶対、また観にいきます！』

『ファンになりました。こんどは別な曲も聴きたいです』

その下に繫がっている返事も読んだが、どこにも由奈の名前はなかった。涼子は口を尖らせた。

「これがどうしたの？　由奈ちゃんとなんの繫がりもないじゃない」

貴山は返事のひとつを表示した。

「この投稿を見てください」

涼子は改めて画面をのぞき込んだ。

マイコという人物の投稿で、内容は『こんど友達を連れて行きます。きっとその子もファンになると思う』というものだった。

「これがなに？」

貴山が画面上のマイコという表示をクリックすると、マイコのＳＮＳに繋がった。貴山が去年の夏の時期の投稿を涼子に見せる。

「ここからです」

貴山が見せたのは、八月八日の投稿だった。その日の午後四時『まさか、嘘でしょ』とあり、間を置かず『信じられない。なにがあったの』『それ本当？』と続いている。そしてその日の夜中『いったいなにがあったの。わからないけど、もうあのドラムは聴けないんだね』とあった。

涼子は貴山を見た。

「これ、豊岡陸の自殺に関することね」

貴山が頷く。

「そうです。そして重要なのは次の日の投稿——ここです」

マイコが豊岡陸の自殺を知った翌日、八月九日の午後八時、長めの投稿があった。

『いまライブ仲間と会ってきた。ねえ、どうしてこんなことになったの。悲しいよ。ショウもレイヤもキョウちゃんもユナも泣いてた。また陸のドラム聴きたかったよ』

「ユナ、これって由奈ちゃんのこと?」

貴山はマイコの投稿をさらに先へ進めた。

「ここからは、去年の九月以降のマイコの投稿ですが、時々、ユナという人物のことに触れています」

涼子は貴山から携帯を受け取り、順に投稿を目で追った。

八月二十九日『陸くんがいなくなって悲しいのはみんな同じだよ。元気だそうよ』

九月十日『さっき覗いたら、ユナちゃんがSNS閉鎖してた。やっぱり陸くんのことがショックだったのかな。私たちと繋がってると、思い出しちゃうからやめちゃったのかな』

十一月五日『なんかユナちゃん、大変みたい。友達から聞いた。陸くんのあとを追おうとしたのかな。そんなことしても陸くんは喜ばないよね』

マイコも陸のファンだったようだが、ユナほどのショックは受けていないらしく、このあとの投稿の大半は、新しく気に入ったバンドに関するものになっていた。

マイコはユナと、陸を介しての繋がりしかなかったようで、新しいバンドのファンになってからは、ユナに関する投稿はなくなっていた。

涼子は携帯を貴山に返した。

「このユナが、由奈ちゃんなのね」

貴山は携帯を受け取ると、操作をしながら涼子に言う。

「ユナという人物の投稿やアドレスはすでに消えていて確かめることはできませんが、マイコの投稿の内容から、ほぼ確定でしょう。そして、陸の自殺の時期と由奈さんの摂食障害がはじまった時期の一致から、由奈さんの心身が病んだきっかけは陸の死に間違いない」

ううん、と唸って涼子は腕を組んだ。

「だとしたら、やっぱりこの問題は私たちじゃあ解決できないわ。プロの精神科医や心理カウンセラーに頼るべきよ」

貴山は携帯を操作しながら、ぽつりとつぶやく。

「それだけが理由ならばそうですが——」

もったいぶった言い方に、涼子はむっとした。

「なによ。ファンだったドラマーの自殺が理由じゃないっていうの？」

貴山は、携帯を操作する手を休めずに言う。

「もちろん、それが理由です。でも、それだけならば、どうして周囲の人にその悲しみを伝えないんでしょう。丹波さんの話だと、由奈さんがどうして摂食障害になったのか、その理由を知っている人は誰もいない。それは、由奈さんが誰にも陸の自殺がショックだったと言っていないからです。どうして言わないんでしょう。それを言えない理由でもあるんでしょうか」

「なるほど——それはたしかに妙ね」

涼子は誰にともなく言う。人は悲しみに暮れたとき、誰かに胸の内を吐き出したくなる。どれほど自分が辛いか、寂しいか、苦しいか。しかも、失った人がファンとして応援していた人ならば、同じように悲しんでいるファンと悲しみを分かち合い、傷ついた心をともに慰めあうはずだ。どうしてそれをしないのか、それは――。

涼子は頭に浮かんだ想像を口にした。

「もしかして、陸の自殺になにか疚《やま》しいことがあるから、人に言えないのかも――」

「この人物が、なにか知っていそうですよ」

貴山は動かしていた手を止めて、携帯を再び涼子に差し出した。

画面には、レイヤ、という人物が開設したＳＮＳが表示されていた。マイコの投稿のなかにあった、陸の自殺を悲しんでいる者の名前と同じだ。由奈と同じ大学に通っている三年生で、陸が入っていたバンドのファンだと、自己紹介欄にあった。アイコンは自分の似顔絵と思しきイラストだった。

「これって、マイコの投稿のなかにあったレイヤ？」

涼子が訊ねると、貴山は頷いた。

「そうです。そのレイヤの最後の投稿の日付を見てください」

去年の九月三日になっている。投稿の内容は要約すれば、今日は朝から暑くて食べたパンがまずかった、といったもので、これといって特別なことが書かれているわけではなかった。しかし、その日を境に、投稿がない。由奈がＳＮＳを閉じた時期と一緒だ。

「マイコのＳＮＳに、陸が自殺した翌日、ショウ、レイヤ、キョウちゃん、そして由奈ちゃんと会った、って書いてたわよね」

涼子が訊ねると、貴山は頷いた。

「その、ショウとキョウちゃんって人物はどうなっているの？　同じようにＳＮＳを閉じたりしているの？」

貴山は首を横に振る。

「いまざっと見ただけ、検証するのはこれからですが、そのふたりはマイコと同じように、陸の自殺を知った当初はショックを受けていたようですが、そのあとはほかに応援するバンドを見つけて、そっちに夢中になっています。陸の自殺を引きずっている様子はありません」

「じゃあ」

涼子は誰にともなくつぶやく。

「マイコの投稿でわかっている陸のファンで、陸が自殺した後にＳＮＳを更新しなくなったのは、レイヤと由奈ちゃんだけってことか。このふたつの符合はなんか気になるわね」

「ほかにも気になるものがありますよ」

「なに？」

貴山は横から手を伸ばし、涼子が持っている携帯の画面をスクロールした。ある日の投稿で、その手を止める。

「これです」

その投稿の日付は八月八日。陸が自殺した日だった。投稿の内容は短いもので、陸の死を知ったときのショックが窺えるものだった。

『まさか、信じられない。どうしよう』

涼子は眉根を寄せた。

「どうしよう——って、なんかひっかかるわね。応援していた人の自殺を知って、動揺していると捉えることもできなくもないけど、あまり使わない言葉じゃない？」

貴山が同意する。

「どうしよう、という言葉は動揺したときではなく、困惑したときに用いるものです」

「混乱していて、つい書いたとかは考えられない？」

こんどは貴山は首を横に振った。

「人は混乱したときこそ、嘘がつけないものです。つい本心が出てしまう」

涼子は携帯を貴山に返し、指示を出した。

「このレイヤって人を当たる。すぐに、身辺を調べて。それから」

「それから？」

涼子は貴山を見ながら、自分の頭を指さした。

「次にキャンパスに来るときは、かならず帽子を被ってきて。顔が見えないくらい目深なものよ」

終わったと思った話を蒸し返した涼子に、貴山はうんざりしたような顔をした。

「本当にしつこいんだから——」

むっとして言い返す。

「この仕事、しつこくないと務まんないのよ。いい？　わかった？」

なにを言っても無駄だと思ったのだろう。貴山は大人しく承知した。

神崎怜矢《かんざきれいや》は、雑居ビルの地下にあるライブハウスで、モヒートを頼んだ。カウンターのなかにいるバーテンダーが心配そうに訊ねる。

「大丈夫かい?」

怜矢は顔見知りのバーテンダーを睨んだ。

「金ならあるよ」

バーテンダーは憐れむような眼差しを、怜矢に向けた。

「違うよ。ちょっと飲みすぎじゃないかって言ってるんだよ」

怜矢はカウンターに肘をつき、額に手をあてた。自分でも飲みすぎなのはわかっている。しかも、今日だけではない。あれからほぼ毎日のように、酒浸りになっている。飲まないときは金が底を突くか、二日酔いでベッドから起き上がれないかのどちらかしかない。自分でもこれではいけないとわかっているが、飲まずにはいられない。

怜矢はジーパンの尻ポケットにそのまま入れている金を、乱暴にカウンターに置いた。

「ここの店は客が頼んでんのに酒を出さねえのかよ。これで飲める分、黙って出せよ!」

ここで暴れられては困ると思ったらしく、バーテンダーは嫌な顔をしながらもカクテルを作り出した。

店内のもともと薄暗い照明がさらに落ち、足元が見えないくらいまで暗くなる。次の瞬間、店の奥にあるステージにスポットライトがあたり、一組のバンドが浮かび上がった。全部で五人、女性はキーボード担当だけで、あとは全員男性だった。

ドラムの男性がスティックでリズムを取ると、強いビートから演奏がはじまった。ヨーロッパで人気があるバンドのコピーだった。狭い店内に、楽器の音と客の歓声が響く。

差し出されたモヒートを飲みながら、怜矢はステージを眺めた。ステージにあがっている者たちは、客の熱気とスポットライトの熱でかなり暑いだろう。少し離れたこの場所からでも、ボーカルの額に汗が浮かんでいるのがわかる。

演奏している曲は、怜矢も知っているものだった。無意識に床にかかとでリズムを取っていた。気が付いて、すぐにやめた。ステージから目をそらし、残りのモヒートを一気に呷《あお》る。

この店――モッズハウスは、大学生や若者のバンドが、連日のようにライブを行っている。怜矢にとってこの店は、去年の夏までは輝きと夢が満ち溢れている場所だった。しかし、夏以降は、苦しみの場所になった。来たくない、そう思うのに、気づくとこの店に来ている。来れば辛さが増すだけとわかっているのに、来てしまう。

怜矢は再びグラスを呷った。しかし、すでに中身を飲み干していた。空になったグラスをバーテンダーに差し出し言う。

「同じの」

演奏の音で聞こえないのか、バーテンダーはなにも言わず洗ったグラスを拭いている。

「おい、聞こえねえのか。同じのって言ってんだろう！」

バーテンダーは眉間に皺を寄せて、言い返した。

「聞こえてるよ。その一杯で、さっきもらった金の分は終わりだ。もっと飲みたかったら金を出しな」

「はあ？　嘘だろう。俺はまだそんなに飲んでねえよ。ごまかすなよ」

酔っぱらいを無視して、バーテンダーはグラスを拭き続けている。金はさっき出した分で終わりだ。またレポートの代筆で金を稼がなければいけない。しかし、今日はもう少しだけ飲みたい。もう少し飲まなければ眠れそうにない。

怜矢は怒鳴ることをやめて、泣き落としにかかった。

「なあ、頼むよ。もう一杯だけ飲ませてくれよ。金は次に来たとき払うからさ。このとおり」

神様に拝むように、バーテンダーに向かって手を合わせる。しかし、バーテンダーは頷かない。無表情で手を動かし続ける。酒を出さないことより、バーテンダーの態度に腹が立った。怜矢は座っていたスツールから立ち上がり、バーテンダーのシャツの襟もとを摑み上げた。

「おい、酒を出せって言ってんだろう！」

そのとき、突然、襟もとを摑んでいる手に痛みが走った。顔を歪めて隣を見ると、ひとりの男が怜矢の手を摑んでいた。

「なにすんだよ！」

怜矢は男の手を振りほどこうとした。しかし、その手はびくともしない。逆にさらに力を強めてくる。

「まあまあ、落ち着いて。大人しくするって約束するなら私が奢《おご》ってあげる」

背後から声を掛けられ、驚いて振り返ると女が隣に座っていた。具体的な年齢はわからないが、いま大学三年生の怜矢よりは上だ。ひと言で言い表すなら、大人のいい女、がぴったりだった。

女が、怜矢の手首を摑んでいる男に命じる。

「手を離してあげて。それから――」

女はバーテンダーを見た。

「私はブランデー。あるものでいいわ。あっちの男にはコーヒー。そしてこの子には、モヒートをお願い」

怜矢に対しては高圧的な態度だったのに、バーテンダーは女には跪《ひざまず》く勢いで腰を低くし、頷いた。

男が、摑んでいる怜矢の手首を離す。怜矢は男を睨みつけると、改めて女を見やった。

「あんた、誰だよ」

訊いたそばから、いや、と言いながら、首を横に振る。

「誰でもいいや。奢ってくれるなら」

バーテンダーが、女が注文した品をそれぞれの前に置いた。女がグラスを軽く掲げて、妖艶に笑う。男は優雅な仕草でコーヒーを口にした。

怜矢はモヒートを呷りながら、横目で女を見た。酔っ払いに酒を奢るなんて、変わっている。男連れでナンパもあり得ない。自分が忘れているだけで、どこかで会っているんだろうか。いや、やはり初対面だ。こんないい女、一度会ったら忘れない。

怜矢はこんどは、自分を挟んで逆側に座っている男を見た。長身痩躯で、力があるように見えないのに、手首を摑んだ力は強かった。なにか武道でもしているのだろうか。いや、もしかしたら、モデルだろうか。そう思えるほど、男も女と同じく、いい男だった。こんないい男といい女のふたり連れが目立たないはずがなく、店内の客の何人かは、ステージではなく、怜矢の両側にいる男女に熱い視線を送っている。

「それで、なんの用だよ」

ただ酒が飲めるならふたりがどこの誰でもいい、そう思った怜矢だったが、やはり素性が気になり、別な切り口で探りを入れた。

「あんたたち、名前は？　なにか言いたくても、名前がわかんないと話しづらいよ」

女が頷きながら微笑む。

「そのとおりね、私は涼子。そっちの男が貴山。私たちのことは、呼び捨てでいいわ。私たちもそうするから。ね、神崎怜矢くん」

怜矢はぎくりとした。このふたりはあらかじめ自分を調べて近づいてきたのだ。いったい、なんの目的か。

怜矢は警戒しながら訊ねた。

「あんたら、何者よ」

涼子は訊かれたことに答えず、逆に聞き返してきた。

「豊岡陸って知ってるよね？」

怜矢は反射的に、スツールから立ち上がった。座面から尻を浮かせたとたん、貴山が肩を摑み、強い力で押し戻す。摑まれた肩と、強く打った尻が痛くて思わずうめき声が出た。

涼子は涼しい顔でバーテンダーに、酒を頼む。

「怜矢と私に、同じものをもう一杯」

どうやら、会いに来た目的を果たさない限り、怜矢を帰さないつもりらしい。怜矢はどうしていいかわからず、とりあえずグラスに残っていたモヒートを飲み干した。

涼子が手を叩いてはしゃぐ。

「強い強い」

いまの一杯で、さらに酔いが回る。なんだか涼子に馬鹿にされているような気がして、腹が立ってきた。豊岡陸がなんだ。俺はなにもしていない。恐れることはない。

怜矢は涼子に顔を向け、睨んだ。

「あんたが言った豊岡陸は、モッズハウスに出入りしていたバンドのドラマーだったやつだよ。この店の客なら誰でも知ってる。で、そいつがどうしたんだよ」

「豊岡陸、去年の夏に自殺したんでしょう」

バーテンダーが怜矢の前に、新しいモヒートを置く。怜矢は、震えそうになる手に力を込めて、グラスを握った。

「そうらしいな」

他人事のような言い方をして、グラスに口をつける。涼子は自分のグラスに入っている氷を指でくるりと回し、ひと口飲む。

「じゃあさ、五十嵐由奈も知ってるでしょう」

反射的に手が動き、グラスを倒してしまった。中身がカウンターに広がる。バーテンダーが慌ててダスターで零れた酒を拭く。

「お客様、お洋服は大丈夫ですか。お前、何やってんだよ」

バーテンダーが涼子に優しく訊ね、怜矢を厳しく叱った。怜矢の耳に、バーテンダーの声は入っていなかった。心の奥に閉じ込めていた記憶の扉が、涼子の言葉でわずかに開く。

怜矢は懸命に扉を再び閉じようとした。

「さあ、いたかな。よく覚えてない」

横からにゅっと貴山の手が伸びて、怜矢の前に差し出された。その手には携帯が握られていた。液晶画面に女性の画像が表示されている。かなり痩せていてうつろな目をしていた。身に着けているのは病院着のようだ。

「誰だよ、これ。俺、こんな女——」

知らねえ、そう言いかけた怜矢は、はっとして息をのんだ。貴山の手から携帯をひったくり、画像の女性をまじまじと見る。

「こいつ——由奈じゃねえか」

画面の女性は、間違いなく五十嵐由奈だった。自分が知っている由奈は、もっとふっくらしていて、明るい笑顔の女性だった。誰かわからないくらいやつれて、いったいどうしたのか。

茫然としている怜矢の手から、貴山がそっと携帯を取り戻す。

「由奈はあなたと同じく、豊岡陸のファンでしたよね。陸を囲んでファン同士の交流を図っていた」

あの日——陸が自殺する前日の夜が蘇ってくる。店の隅のテーブルで、陸はハイボール、由奈はレモンサワー、怜矢は今日と同じくモヒートを飲んでいた。ほかにも数人のファンが来る予定だったが、ひとりは都合が合わなくなり、数人は遅れて来ることになっていた。

三人で酒を飲み、好きなグループの話で盛り上がった。酒が回り、みんな気分がよくなってきたころ、由奈が陸にあることを訊ねた。そのとき、わずかだが陸の顔が硬くなるのを、怜矢は見逃さなかった。由奈の問いに、陸は曖昧な返事をした。続いて由奈は、怜矢にも同じ質問をしてきた。

怜矢は、その質問にどう答えれば、陸が喜ぶかわかっていた。しかし、わかっていながら怜矢はその答えを口にせず、むしろ逆のことを言った。あのときの自分の心理がどのようなものだったのか、いまだに自分でもよくわからない。ひとつだけわかっていることは、人は誰もが嗜虐《しぎゃく》性《せい》を持っている、ということだった。

怜矢が陸の死を知ったのは、その翌日だった。陸が自ら命を絶ったことを、陸のファンのSNSで知った。陸と同じバンドのメンバーが、陸の家族から訃報を聞き、そのファンに伝えたのだ。しばらくのあいだ信じられず、モッズハウスに向かう歩道の隅で蹲《うずくま》っていた。陸の死を受け入れられたのは、陸の死を遺族がSNSに投稿してからだった。それを読み、本当に陸は死んだのだ、と実感した。そのときからずっと、後悔と苦しみ、悲しみを抱いて生きている。

俯いている怜矢の前に、グラスが差し出された。顔をあげると、涼子が怜矢の顔を覗き込んでいた。

「水よ」

怜矢はグラスの中身を一気に飲み干した。冷たい水が喉を通っていくのがわかる。一杯飲んだだけだが、少し頭がすっきりした。

ちょうどそのとき、ステージで奏でられている曲が、スローテンポなものに変わった。ステージを取り囲んでいる客の嬌声が静まり、ボーカルの声と、メロディーラインを奏でるアコースティックギターの音だけが、店のなかに響く。

ああ、と怜矢は思った。この曲は、陸が好きなものだった。開店前の誰もいないステージで、淋しそうにギターをつま弾いていた。いまにして思えば、あのとき感じた悲しみは、陸が抱いていた孤独だったのだろう。その悲しみを自分は知っていたのに――あんなことを言ってしまった。

怜矢は俯いて額に手を当てた。閉じた瞼の裏に、さきほど見た由奈の画像が浮かぶ。あんなにやつれて辛そうな顔をして――もしかして由奈も、陸の死に対して後悔と悲しみを抱き続けているのだろうか。そうだとしたら、どうして彼女はそこまでの辛さを感じているのか。たしかに応援していたアーティストが自殺したショックは大きいだろう。しかし、自分が知る限り、あんなにやつれるほど陸に夢中になっていた様子はない。

「由奈に、なにがあったんだ」

怜矢は涼子に、ぽつりと訊ねた。涼子が答える。

「去年の夏から体調を崩して、いまは病院に入院しているの」

「かなり悪いのか？」

涼子が頷く。

「そうね。このままだと、最悪の事態になるかもね」

「なんの病気なんだよ」

涼子はブランデーが入ったグラスを手のなかで揺らし、ぽつりと言った。

「摂食障害」

涼子の話によると、由奈は去年の夏から拒食や過食による嘔吐といった、食に関する問題を起こしはじめ、やがて自傷行為を繰り返すようになったという。

「そんな――どうして」

怜矢は誰にともなくつぶやいた。由奈がそんなことになっているなんて知らなかった。陸がいなくなってから、陸を通じて繋がっていた関係はすべて切ったし、怜矢が知っている由奈はいつも明るく元気だったから、陸のこともショックだろうがきっと立ち直っていると思っていた。

怜矢のつぶやきに、涼子がするどい声で答えた。

「それを知りたくて、あなたに会いに来たの」

怜矢は驚き、涼子に向かって怒鳴った。

「俺にわかるわけねえだろう。由奈がそんなことになってるなんて、いま知ったばかりだよ」

「じゃあ、言い方を変える。豊岡陸の自殺について、あなたなにか知っているんじゃない？」

自分でもわかるぐらい、怜矢の肩がびくりと跳ねた。涼子のひと言で、回った酔いが一気に醒めていく。怜矢は慌ててしらを切った。

「なんでそんなこと訊くんだよ。あいつ、自殺だろう。それが俺となんの関係があるんだよ」

横から貴山が、怜矢の顔の前に携帯を差し出した。画面に自分のＳＮＳが表示されている。投稿の日付は八月八日、陸が自殺した日だった。

顔を背けようとする怜矢の顎を摑み、貴山が携帯の画面を無理やり見せる。

「そう、わかっているようですね。この日は豊岡陸さんが自殺した日で、この投稿はあなたが書き込んだものです。なんて書いたか覚えてますか？」

怜矢は身をよじり、自分の顎を摑んでいる貴山の手から逃れた。

「そんなの、覚えてねえよ」

怒鳴るように答える。陸が自殺してからのことは、あまりよく覚えていない。自責の念に苛まれ酒に逃げているだけの日を送っている。

貴山は怜矢から離れ、携帯の画面を見た。

「じゃあ、私がかわりに読んであげましょう。『まさか、信じられない。どうしよう』です」

陸が自殺したと知ったときの動揺が蘇ってくる。そうだ、あのときかなり取り乱し、そんなことを書いた覚えがある。自分ひとりではショックを抱えきれず、かといって本当のことは誰にも言えない。まるで深い穴に向かって吐き出すように、ＳＮＳに書き込んだ。

耳元で貴山が訊ねる。

「聞こえましたか？　それとも、もう一度教えましょうか？　あなたが書き込んだ内容を」

呼吸が乱れ、動悸がしてくる。まわりの音が遠くなり、息苦しくなった。

「ちょっと、気が昂《たかぶ》っちゃったかな。ねえマスター、紙袋ある?」

涼子の声がして、口元になにかが当てられた。振り払おうとすると、貴山に頭を押さえつけられ動きを止められた。

「過呼吸です。紙袋を口に当てていればやがて楽になります。落ち着いて、ゆっくり息をしてください」

逆らおうにも、手足がしびれて思うように動かない。仕方がなく言うとおりにしていると、呼吸が楽になってきた。くぐもって聞こえていたバンドの音楽が、耳にはっきりと戻ってくる。

「聞こえましたか?　もう一度、言いましょうか?」

怜矢はぐったりとしたまま、首を横に振った。涼子がブランデーが入ったグラスを揺らしながら、朗読のように説明する。

「私たちが、あなたが豊岡陸の自殺になにか関係しているんじゃないかと思ったのは、この日の書き込みの終わりの部分。『どうしよう』とあったからよ」

「それが、どうしたっていうんだよ」

まだ頭がはっきりしないが、精一杯の虚勢を張る。こちらの威嚇など歯牙にもかけないというような涼しい顔で、涼子が話を続けた。

「どうしようっていうのは、自分になにか非があり対応に困ったときに使う言葉よ。あなたは豊岡陸の自殺に、なにか疚しいことがある。だから、あんなことを書いた」

涼子が怜矢に顔を向け、まっすぐに目を見た。

「私たちは警察じゃないし、豊岡陸の死に事件性はない。あなたをどうにかしようとしているんじゃないの。ただ、由奈ちゃんを救いたいだけ。だから、豊岡陸の死についてなにか知っているなら、どんな些細なことでもいいから教えて」

怜矢は叫んだ。

「知らない、俺はなにも知らない！」

涼子が呆れたように言う。

「あなたは嘘を吐くのが下手ね。そんな子供のような言い訳で、私たちをごまかせると思うの？さあ、なにがあったか教えて」

「うるさい！」

そう怒鳴り、カウンターに肘をついて両手で顔を覆う。それを合図のように、バンドが演奏している曲が、メジャーコード主体だった曲が、マイナーコードのそれに変わる。切ない調べとともに、涼子がそばでささやいた。

「ここで言わなかったら、あなたは豊岡陸だけでなく、もうひとりの死も背負わなければいけなくなるわよ」

勢いよく顔をあげ、涼子を見た。涼子は怖いくらい真剣な顔で、怜矢を見ていた。

「このままだと、由奈ちゃん、助からないかもしれない」

怜矢は息を呑んだ。先ほど見せられた携帯の画像を思い出す。たしかに、一年前の面影がないほどやつれていた。最後に会った日――陸が自殺をする前日も、いつもとかわりなかった。そう、あの話題になったときも、楽しそうに笑っていたのに。

そのとき、怜矢の脳裏を一瞬、なにかが掠めた。

あの日の由奈の笑顔に、なにかが重なった。自分はなにか大事なことを、忘れているような気がする。あのとき、ふと気になったこと。あれは、たしか――。

そこまで思い出したとき、怜矢の背中を怖気《おぞけ》が駆けあがった。

――まさか。

震えそうになる身体を、自分の腕で抱きしめる。頭に浮かんだ推論を否定しようとするが、そう考えるとすべてが腑に落ちた。そうだ、きっとそうだ。信じたくないが、由奈はあのことを知っていたんだ。そうでなければ、いくらファンだった人間が自殺したからといって、ここまで自分を追い込まないはずだ。

涼子が怜矢の顔をのぞき込みながら、力が籠った声で言う。

「お願い、由奈ちゃんを救って」

怜矢は組んだ手を額に当てて、乱れた心を静めた。大きく息を吐いて、涼子を見る。

「彼女には俺から話す。俺と由奈、そしてあんたたちふたりだけで会えるようにしてくれ」

涼子は少し驚いた顔をしたが、すぐ貴山に命じた。

「怜矢くんのいうとおりにして」

貴山がわずかに首を捻る。

「彼女は閉鎖病棟に入院していて、外には許可なく出られません。談話室も、いつ誰が入ってくるかもわかりませんし、四人だけで会うのは難しいかと――」

涼子は貴山を、鋭い目で睨んだ。

「聞こえなかった？　同じことを二回も言わせないで」

貴山は降参の意を示すように肩を竦めて、席を立った。人込みに紛れて貴山の姿が見えなくなると、怜矢は涼子に向き直った。

「ひとつ約束してほしい。俺が由奈に話すことは、誰にも言わないでくれ。陸の両親にもだ。これは俺のためでも由奈のためでもない。陸のためだ」

涼子は探るような目で怜矢を見ていたが、やがて、微笑みながら答えた。

「わかった、約束する」

ちょうどそのとき、貴山が席に戻ってきた。

「明日、夜の八時に会えるようにしました」

涼子が怜矢に訊く。

「いい？」

怜矢は頷いて、目の前に置かれているグラスの水を一気に飲み干した。

四

病室のドアがノックされ、五十嵐由奈は目を覚ました。

ドアが開いて入ってきたのは、看護師だった。手に食事が載ったトレイを持っている。看護師は、ベッドの横にあるラックの台を引き出し、そのうえにトレイを置くと由奈の顔をのぞき込んだ。

「起きた？　夕飯よ。今日のメニューは、重湯と野菜スープ、カボチャのペースト、それからリンゴのゼリー。ひと口でもいいから、なにか食べてみない？」

由奈はなにも言わず、窓の外に目を向けた。外は陽が落ち、すっかり暗くなっていた。照明がついた明るい室内が、鏡のようになった窓に映っている。ベッドのうえには、痩せ細った自分がいた。

「ここに置いていくからね」

看護師は部屋のカーテンを閉めると、トレイを置いたまま部屋を出て行った。

ベッドのそばにある、点滴台を見る。ぶらさがっている輸液バッグから、チューブの途中にある透明な筒にゆっくり落ちる中身を目で追いながら、こんなことをしても無駄なのに、と思う。

脳に、なにかを食べろ、と命じても、身体が拒否する。食べ物を無理やり飲み込んだこともあるが、すべて吐いてしまう。いや、身体が受け付けないのではない。それ以前に、心が生きることを拒絶しているのだ。自分は生きる価値がない、そう思っている。陸が自殺した日から――。

由奈は目を閉じた。早く、今日の分の睡眠薬を飲む時間になればいい、と願う。いまの自分にとって、目覚めている時間は苦でしかなく、安らぎは眠っているあいだだけだ。

はじめて手首を切ったときは、悲痛な面持ちで心配している両親に申し訳なくて、立ち直ろうと思った。でも、気持ちとは逆に、心はどんどん壊れていく。いまでは、自分がいなくなったほうが、両親のためになると思っている。日々、痩せ細っていく娘を見なくて済むのだから、きっと両親もほっとするはずだ。

そんなことを考えながらじっとしていると、部屋のドアがノックされた。看護師が食事のトレイをさげに来たのだと思ったが、違った。部屋に入ってきたのは、由奈の主治医——宮嶋正章《みやじままさあき》だった。優しいのか気が弱いのか、患者から少しでもきついことを言われるとすぐに頭をさげる。宮嶋はベッドのそばにやってくると、由奈に話しかけた。

「五十嵐さん、具合はどうかな」

由奈は不思議に思った。回診はいつも午前中だけで、この時間に医師が顔を出すことは滅多にない。しかも、いつも看護師が一緒なのに、今日はひとりだ。宮嶋は部屋に誰も入ってこないことを確かめると、声を潜めた。

「君に会いたいと言っている人がいるんだけど、ちょっとだけ病棟から出られないかな」

由奈はベッドサイドのラックにある置時計を見た。八時。面会時間の七時はとっくに過ぎている。特別扱いの面会人など、自分には思い当たらない。

「誰ですか」

訊ねると宮嶋は困ったように、自分もわからない、と答えた。さきほどいきなり病院長から宮嶋に電話が入り、由奈を八時に一階にある憩いの部屋に連れて行ってほしい、と言われたという。そこは病院の沿革が記されたパネルが展示されている部屋で、普段からあまり人の出入りが少ない場所だ。外来患者も面会人もいないいまの時間は、おそらく誰もいないだろう。病院長に理由を訊いても、そこにいる人に由奈を会わせればいい、としか言わない。

宮嶋は、主治医として面会人が誰なのか知っておきたい、と粘ったが病院長は、由奈を救える唯一の人物だろう、と言って電話を切ったという。

宮嶋に手を貸してもらいながら、由奈は一緒に一階へ降りた。病棟を出るとき看護師から、行き先を訊ねられたが、宮嶋は院内にある売店へ一緒に行ってくる、と適当な言い訳をして出てきた。

照明が落とされた一階のフロアは薄暗く、緑の非常口の灯りがやけに明るく見える。

憩いの部屋に入ると、きれいな女性がひとりと、モデルのような男性がいた。その後ろにもうひとり誰かいるが、男性の背に隠れていてよく見えない。

「じゃあ、私は外にいます。出来る限り手短にお願いしますよ」

宮嶋は女性と男性にそう言い残し、部屋を出て行った。宮嶋がいなくなると、女性が由奈に微笑んだ。

「急に呼び出して、ごめんなさいね」

女性は涼子、男性は貴山といった。女性にはどこかで会ったような気がするが、思い出せない。精神科の薬を服用してから、いつも頭がぼんやりしていて、最近では夢と現実さえ曖昧になっている。

涼子と名乗った女性が由奈に話しかけた。

「今日は由奈ちゃんに会わせたい人がいて連れてきたの」

そういって涼子は貴山を見た。それを合図に、貴山がいま立っている場所から身体をずらす。

後ろにいた人間が前に歩み出た。その人間の顔を見た由奈は、息が止まりそうになった。

「怜矢――」

ほぼ一年ぶりに会う怜矢は、思いつめた表情をしていた。怜矢は由奈に言う。

「今日は由奈にどうしても伝えたいことがあって来た。陸のことだ」

怜矢がいきなり口にした陸の名前に、由奈はめまいを覚えた。視界が揺れ、耳の奥がふさがる。顔の表面がピリピリして息が苦しくなった。

よろめく由奈を、貴山が支えてそばにあった椅子に座らせた。点滴台を握りしめながら、由奈は俯いたまま言う。

「私のことは放っておいて」

「放っておけないよ」

怜矢が怒ったように言う。俯いている由奈の前にしゃがむと、下から顔をのぞき込んだ。

「時間がないから、大事なことだけ言う。お前、陸の秘密を知っていたんだろう」

由奈は驚いて顔をあげた。怜矢が由奈の目を辛そうに見ながら、言う。

「陸は同性愛者だったんだよな」

由奈の頭のなかで、去年の夏の記憶が鮮明に蘇ってくる。あの日、陸が自殺する前日、陸と怜矢、ほかの仲間に会うために待ち合わせの店に行ったときのことだ。店の奥にある手洗いから出た由奈は、外に繋がる通路の隅に陸がいることに気づいた。こちらに背を向けていて、由奈がいることに気づいていない。いたずら心が湧いて、後ろからそっと近づき驚かそうとした。

近くまで行くと、陸が携帯で誰かと電話していることに気づいた。電話の邪魔をするわけにはいかない、そう思い引き返そうとしたとき、あるひと言が耳に聞こえた。

――そんなこと怜矢には絶対に言えないよ。俺の気持ちをあいつに知られたら、もう会えない。あいつが好きなのは女性だから。

由奈は思わず、通路の横にある荷物置き場に身を隠した。聞こえてくる声に、耳をそばだてる。電話の相手は陸とかなり親しい間柄で、子供のころから付き合いがある人物のようだった。

会話の内容からわかったことは、陸は同性愛者で怜矢に思いを寄せていること、このことは誰にも言わないと決めていること、だった。陸は電話を、怜矢が自分の音楽を好きでいてくれるだけでいい、と告げて切った。

電話を切った陸は、由奈がいることに気づかず店のほうへ歩いていく。由奈はしばらく、その場から立ち去れずにいた。いま聞いた話を頭のなかで整理する。いままでの陸を思い出し、それらしい言動がなかったか確かめようとしたが、頭が混乱してよくわからなかった。ただ、陸が好きなのは怜矢で、自分の想いが通じることは一生ない、ということだけは理解できた。

なにも言わず俯いている由奈に、怜矢が言葉を続ける。

「お前、それを知っていて、陸にあの話をしたんだろう。だから、陸が自殺した。陸が死んだのは自分のせいだ、陸を殺したのは自分だ、そう思っているから、そんな風になってるんだろう」

由奈は両手で自分の頭を摑んだ。激しく首を横に振る。

「やめて、お願い、私を責めないで」

取り乱す由奈の肩に、そっと誰かの手が置かれた。顔をあげる。涼子だった。

「落ち着いて、大丈夫。誰もあなたを責めてないから」

由奈は怜矢を見た。目で、涼子の言葉は本当か、と問う。気持ちが通じたらしく、怜矢は深く頷いた。

「この人の言うとおりだ。誰もお前を責めていない。むしろ、責められるのは俺のほうだ」

由奈は眉根を寄せた。言葉の意味がわからない。どうして怜矢がそんなことを言うのか。陸を自殺に追いやったのは自分なのに——。

由奈の脳裏に、陸の電話を盗み聞きしたあとのことが蘇る。

陸が立ち去ったあと、由奈は荷物置き場を出て、店のフロアへ向かった。いつまでもここにいるわけにはいかない。もうすぐ待ち合わせの時間だ。みんなのところへ行かなければいけない。

店にいくと、陸と怜矢がいた。ほかの人はまだ来ていない。陸が由奈を見つけて、笑顔で手招きした。なにごともなかったように、由奈は怜矢の隣に座る。

陸と怜矢は、注文した飲み物を口にしながら、音楽の話に夢中になっていた。すべてを知ると、陸の目は常に怜矢に注がれ、熱を帯びていることがわかった。由奈のことなど、欠片ほども目に映っていない。陸の胸のなかにいるのは怜矢だけなのだ。

そう思うと、胸に強い感情が込み上げてきた。悔しさ、怒り、哀しみなどの負の感情が混ざり合ったものだ。

気付くと、ＬＧＢＴについての話を口にしていた。性的少数者のことで、昔と違い、いまではかなり理解が深まっているが、受け入れられない人間もまだいる。自分も頭では理解できるが、実際に目の前にいたら戸惑う、と一気に言う。

この話をしたときから、陸の様子がかわったことに由奈は気づいていた。表情が硬くなり、口数が少なくなる。それでも由奈の口は止まらなかった。わざと陸が傷つきそうなことを言い続ける。

由奈は頭を両手で包みながら、誰にともなくつぶやく。

「私、陸なんかどうなってもいい、そう思ったの。陸をいっぱい傷つけて、痛めつけて、苦しめた。だから、陸は死んでしまった」

由奈は勢いよく顔をあげて、怜矢を見て叫んだ。

「私が、陸を殺したの！　人殺しの私は、生きている資格なんてない！」

隣で涼子が小さい声で言う。

「それで、自分で自分を追い詰めていたのね」

部屋のなかが静かになる。沈黙を破ったのは、怜矢だった。

「それなら、俺も生きている資格はない」

由奈は言葉の意味が理解できなかった。いったい、どういうことか。

怜矢は視線を床に落とすと、絞り出すような声で言った。

「俺も、陸の秘密を知っていたんだ。俺に対する気持ちも――」

由奈は目を見開いた。

「知ってたって――いつから――」

「陸が自殺する前の日——三人で会った日に知った」

玲矢が顔をあげて、由奈を見る。

「陸が俺たちと会う前にしていた電話、きっとお前もあのときどこかで聞いていたんだろう。だから、俺たちがしていた音楽の話をいきなり遮って、なんの脈絡もない性的少数者の話をしたんだろう」

どうして玲矢が、陸がしていたあの電話のことを知っているのか。もしかして——。

「もしかして、あの電話を玲矢も聞いていたの？」

由奈の問いに、玲矢が頷いた。

「あの日、俺はいつも行ってる楽器店から店に向かった。その道は、店の表から入ろうとすると、ぐるっと回りこまないといけない。そこで、裏口から入ろうとしたんだ。俺はあの店の常連だから、スタッフに見つかってもなにも言われないし、換気のためか少しドアが開いているのが見えたから。でも、いざ入ろうとしたら、ドアのすぐ向こう側から話し声が聞こえたんだ。声からすぐに陸が誰かと電話しているのだとわかった。遠回りになるのは面倒だったけど、電話の邪魔をしても悪い、と思って表側に向かおうとしたんだ。そのとき、陸が俺の名前を言うのを聞いたんだ」

記憶を辿るように、玲矢が遠くを見やった。

「お前ならわかるだろう、俺がどれほど混乱したか。まさか、陸がいままで俺をそんな目で見ていたなんて、すぐには信じられなかった。きっと聞き違いだ、そんなはずはない、そう自分に言い聞かせて、表から店に入った。ちょうど、電話を終えた陸がテーブルについたところで、俺は向かいの椅子に何食わぬ顔で腰を下ろした。お前がやってきたのはそのあとだ。俺はなにごともなかったかのように、音楽の話をしたけれど、陸が俺に向ける視線がいままで感じていたものとは違うことを意識していた。動悸がして息苦しくなってきたとき、お前がいきなり性的少数者の話をはじめた」

怜矢の話を聞きながら、由奈は思い出していた。たしかにあの日、怜矢はいつになく多弁だった。今日は話したい気分なのだろう、くらいに思っていたが、まさか心の動揺が口数を多くしていたなんて――。

そこまで思い出したとき、由奈ははっとした。

あのとき、自分は陸の考えを受け入れられず彼を傷つけた。そのことばかり記憶に残っていたが、いまの怜矢の話を聞いて、あることを思い出した。自分が陸を傷つけたあと、その場にいた怜矢が放ったひと言だ。怜矢がなにも知らずに口にした言葉だと思って聞き流したが、陸の気持ちを知りながら言ったのだとしたら――。

遠くを見ていた怜矢が、由奈に目を向けた。その眼差しに、由奈は息を呑んだ。怜矢の目は潤みを帯びている。

由奈はたまらず、下を向いた。さきほど怜矢が由奈に向けて言った、それなら、俺も生きている資格はない、という言葉の意味がいまならわかる。あの日――陸が自殺する前日に、怜矢が陸に向けて言い放ったひと言、それは――。

――俺にはそういう人の気持ち、一生わかんねえし、わかりたくもねえ。

あのときは、性的少数者に対する怜矢の気持ちだと思っていたが、あれは陸個人に対する言葉だったのだ。陸の自分に対する気持ちを知っていた怜矢は、あの言葉を口にすることで陸がどれほど傷つくか知っていて言い放ったのだ。

陸は、怜矢が自分の気持ちを知っているとは思わなかっただろう。しかし、同性を愛する人間を拒否する言葉に、深く傷ついた。それが、自分が想いを寄せている相手の言葉だとしたら、陸の心の痛みはいかばかりだっただろうか。

怜矢の顔が、大きく歪んだ。声を振り絞るように、言う。

「俺、どうしていいかわからなかったんだ。陸のことは嫌いじゃない。むしろ、あいつの音楽は最高で大好きだった。あいつは俺に自分の気持ちを言わないつもりだったみたいだけど、気が変わったらどうしようって――あいつの気持ちを拒絶したら、もうあいつとは会えなくなるんだろうか、もうあいつの音楽を近くで聴けないんだろうか、そう思ったらすごく怖くなって、気づいたらひどいことを言ってた」

怜矢はそこまで言うと、身体から力が抜けたように、床に膝から崩れ落ちた。両手で顔を覆い、泣き崩れる。

「俺は、ひどい人間だ。生きる価値がないのはお前じゃない、俺のほうだ」

静かな部屋のなかに、怜矢の嗚咽が響く。

見つめる怜矢の姿が、滲んで見えなくなる。

由奈は目を閉じて、最後に会った日の陸を思い返した。

テーブルを挟んで座っていた陸は、椅子の背にもたれてゆったりとした姿勢をしていた。怜矢と音楽の話で盛り上がり、楽しそうに笑っていた。その幸せそうな陸の姿を見ているうちに、自分の胸のなかに黒いものが生まれてくるのを由奈は感じた。

陸の怜矢を見つめる視線は熱く、名前を呼ぶ声は囁きのように優しい。その視線は決して自分に向けられることはなく、そんな声で名前を呼ばれることはない。そう思うと、胸のなかの黒いものが、どろどろとした悪意になり、自分の口から陸に向けて発せられていた。

由奈の頭のなかで、古いフィルム映画のように、あの日の自分が浮かぶ。

記憶のなかの自分は、陸と怜矢に向かって身を乗り出し、ふたりが交わしていた音楽の話に割り込んだ。

——ねえ、ＬＧＢＴのことどう思う？

なんの脈絡もなく違う話題を振ってきた由奈に、陸と怜矢が驚いた顔をした。由奈は言葉を続ける。

——このあいだネットに、そのことに関する記事があがってたの。いまは昔よりも理解が深まっているけど、まだ受け入れられない人もいるのよね。私もそのひとり。そういう人がいるってことは理解できるけど、実際に目の前にいたら戸惑っちゃうな。ねえ、ふたりはどう思う？

由奈は、ふたり、とは言ったが、明らかに陸に向けて言った言葉だった。陸はなにがあっても自分を好きにはならない。そう思うと、陸を苦しめ、辛い目に遭わせたい、という黒い感情を抱いた。

由奈が陸を見ると、陸はハイボールを飲むふりをして目を逸らせた。動揺を隠そうとしていたが、グラスを持つ手は震えていた。

怜矢を見ると、怜矢は明らかに困惑したような顔をしていた。手を口元にあて、真剣に考え込んでいる。あのときは、まさか怜矢が陸の気持ちを知っているとは思わず、性的少数者すべてに対して、自分がどう感じているのかを考えているのだと思っていた。

そして怜矢は、やがて窓の外を見ながら誰にともなく言った。

——俺にはそういう人の気持ち、一生わかんねえし、わかりたくもねえ。

そのときの陸の顔を、いまなら鮮明に思い出せる。

笑い顔が泣き顔に見える、そんな表情があることを、由奈はあのときはじめて知った。自嘲、羞恥、悲しみ、辛さといったこの世のすべての苦痛を微笑みで隠した顔だった。怜矢の言葉に、陸がどう答えたのかは覚えていない。ただ、重い時間が流れていった。

次の日、由奈は目が覚めてもベッドから起きあがれなかった。前の日、陸の悲痛な面持ちが頭から離れず、なかなか眠れなかった。やっとうとうとしたと思ったら、悪夢を見た。ものすごい形相の陸から、激しく罵られる夢だった。はっと目が覚めると、全身びっしょり汗をかいていた。しかし、本当の悪夢がはじまったのは、その日の夕方からだった。

携帯の通知の音が鳴り、開くと陸のファンでＳＮＳで繋がっていたマイコから個人宛のメッセージが入っていた。内容を見た由奈は、愕然とした。

『陸が死んじゃった。自殺だって』

なにかの間違いだ、と思いながらも、間違いではない、と思う自分がいた。メッセージの文字に、昨日の陸の傷ついた顔が重なる。翌日、マイコと怜矢を含めた陸のファンと会った。みんな泣いていた。マイコはハンカチで目を押さえながら、どうして、と繰り返していた。

怜矢は、なにも言わなかった。ただ黙って俯いていた。あのときは、悲しみのあまり言葉が出ないのだと思っていたが、いまになればあのときから怜矢は自分を責めていたのだとわかる。由奈と同じように。

「ずっと、陸の顔が頭から離れないの」

由奈はぽつりとつぶやいた。涼子と貴山が由奈を見る。由奈は懺悔《ざんげ》のように言葉を続ける。

「泣いているような陸の笑顔が、私を責めるの。お前が俺を殺した。お前は人殺しだ。お前に生きている価値はないって――」

「それで、自傷行為をしたり、摂食障害を起こしたりしたのね」

涼子が言う。

由奈は遠くを見た。

「自分で自分をかばったこともある。あれはしょうがなかったんだって。いきなり陸が怜矢を好きだなんて受け入れられなくて当然だ。自分は陸を好きだったんだから、陸に反感を持っても仕方がなかった。自分が悪いんじゃない、そう思い込もうとした。でも、そのたびにもうひとりの私が、違う、陸を殺したのはお前だ、お前の醜い心が陸を死なせた、そう言うの。その言葉を聞いているうちによくわからなくなって、気づくと手首を切っているの」

由奈は、自傷の痕《あと》が残っている、自分の手首を見た。

「手首を切ると、これで楽になれるって、そのときはほっとするの。でも、病院のベッドで目が覚めて、横で泣いているお父さんやお母さんを見ると、申し訳ない気持ちでいっぱいになるの。そして、もう二度とこんなことしちゃだめだ、お父さんやお母さんを悲しませちゃいけないって思って、食べたくないご飯もがんばって口にするけれど、ぜんぶ吐いてしまうの。自分の気持ちとは逆に、身体が生きることを拒むように――」

自分でも驚くほど細くなった手首を、強く握る。

「私を診てくれた病院の先生や、お父さん、お母さんたちから、どうして自傷するのか理由を訊かれた。でも、言えなかった。なんども勇気を出して陸のことを言おうとしたけど、だめだった。いざとなると身体が震えて、声が出なくなった」

床に雫が落ちた。それが自分の涙だと気づくのに、少し時間がかかった。床にたまっていく雫をみていると、もっと涙が出てきた。

「私、性的少数者を非難するつもりはなかった。性別なんか関係ない。人が人を好きになること自体がとても素敵なことで、その気持ちが尊いと思っていた。それなのに、自分の想いが通じないからって、その素敵な気持ちを傷つけたうえに、自分が好きだった人を苦しませて死なせてしまった。私はそんな最低の人間なの」

顔をあげると、涼子と貴山、怜矢が自分を見ていた。みんなの目が自分を責めているみたいで、胸がぎゅっと苦しくなる。

次の瞬間、胸に抱えていた爆弾に、一気に火が付いたような激情が由奈を貫いた。身体に繋がっている点滴の管を、乱暴に引き抜く。

貴山が駆け寄り、振り回している由奈の手を掴んだ。

「離して、私を死なせて！」

叫ぶと同時に、風船が割れたような音がして、左頰に痛みが走った。

頰を叩かれたと気づき、前を見ると涼子が立っていた。涼子は怖い目で由奈を睨んでいた。

「ひとつ、あなたたちに言ってもいいかしら」

あなたたち、と言いながら、涼子は由奈と怜矢を見やった。

「ふたりが抱えている事情はわかった。どれほど苦しんでいるのかもね。でもね、自分たちが陸くんを殺したって考えるのは、安直すぎじゃない？　っていうか、あなたたちより少しだけ長く生きている私から言わせれば、傲慢ね」

傲慢、その言葉が由奈の胸に突き刺さった。怜矢と自分の言葉が陸を追い詰めたことは事実だ。怜矢や由奈が自分を、人殺しだ、と責めることのどこが傲慢なのか。

由奈の手を掴みながら、貴山がぼそりとつぶやく。

「少しだけ、じゃないと思いますが――」

涼子は耳ざとくその声を聞きつけたらしく、目の端で貴山を睨んだ。

「なんか言った？」

「いいえ、なにも」

貴山がしれっと答えたとき、部屋のドアが開いて宮嶋が顔をのぞかせた。

「どうかしましたか」

由奈の叫び声を聞いて、心配になったらしい。宮嶋は、手首を摑まれている由奈を見ると顔色を変えた。

「患者になにをしているんですか」

宮嶋は由奈に駆け寄り、貴山から引き離した。涼子と貴山に向かって、怒ったように言う。

「院長の頼みで引き合わせたけれど、私には患者を守る義務があります。五十嵐さんは、連れて帰ります」

宮嶋は由奈の身体を支えると、部屋から連れ出そうとした。しかし、由奈は足を止めて抵抗した。歩こうとしない由奈の顔を、宮嶋が不思議そうに見る。

「どうしました？　歩けないならすぐに車椅子を――」

由奈は首を横に振る。

「私、この人たちと話がしたいんです」

宮嶋は驚いたようだったが、すぐに厳しい顔で由奈に言う。

「だめです。患者にあんな乱暴をする人たちと、一緒にいさせるわけにはいきません。これは主治医としての指示です」

「違うの。この人が私の手を摑んだのは、私が点滴のチューブを勝手に抜き取ったからなの。この人は悪くないの」

「由奈ちゃんが言っているのは本当のことよ」

涼子が横から口を挟んだ。宮嶋と由奈のところにやってくると、腕を組んで宮嶋を真正面から見据えた。

「由奈ちゃんを救うために、時間をちょうだい。そう長くはかからない。ほんの少しでいいから」

由奈は涼子の隣に立つと、宮嶋に向かって頭をさげた。

「私からもお願いします。私、この人たちと話したいんです。いいえ、話さなければいけないんです」

宮嶋はどうすべきか迷ったようだったが、患者の意思を尊重すべきだと思ったのか、仕方がないといったように頷いた。

「わかりました。じゃあ、五分だけ許可します。それより長くなったら、強制的に連れ戻します。いいですね」

念を押すように涼子と貴山を見て、宮嶋は部屋を出て行った。宮嶋がいなくなると、由奈は涼子に訊ねた。

「さっきの言葉、怜矢と私が傲慢ってどういう意味ですか」

「教えてあげるけど、その前に」

そう言って、涼子は由奈を椅子に座らせた。

「このほうが楽でしょ？」

頬を叩かれたときは涼子を怖い人だと思ったが、もしかしたら優しい人なのかもしれない。そう思うと、涼子に対して素直に言葉が出てくる。

「私はずっと、自分を責めてきた。だって、陸が死んだのは自分のせいだから。どうしてそれが、傲慢になるんですか」

「ほら、それ」

涼子が間髪入れずに指摘する。

「その、自分のせいっていうのが、私に言わせれば傲慢なの。独りよがりの思いあがり。いったい自分を何様だと思ってるの？」

自分がずっと思い悩んできたことを馬鹿にされたような気がして、胸に怒りが湧いた。

「だから、どうしてそうなるのかって訊いてるの」

涼子が腰をかがめて、由奈の顔を覗き込んだ。

「あなた、人が自ら命を絶つって、どれほど大変なことかわかる？　悩みを抱えて、誰かに救いを求めて、でもどうにもならなくて、八方塞がりになる。そして、まともな判断ができないくらいに追い詰められて、自殺してしまう」

由奈は涼子に向かって叫んだ。

「そんなこと、あなたに言われなくても私が一番よくわかってる！　私だって自殺しようとしたんだから！」

「じゃあ、あなたなら自殺しようと思った人間がどんな心境なのかわかるでしょう？」

涼子の言葉に、由奈は息を呑んだ。自殺しようと思ったときの自分の気持ち――手首を切ったとき、自分はなにを考えただろう。明確に思い出そうとするが、はっきりしない。

由奈は独り言のようにつぶやいた。

「私は、ずっと楽になりたいって思ってた。そう願っても叶わなくて、辛くて、気が付くと手首を切っていた――」

「はっきりとした、死への願望があったわけではないでしょう?」

涼子の問いに、由奈は頷く。死にたい、と思ったわけではない。ただ、楽になりたかっただけだ。

涼子は腕を組んで、遠くを眺めた。

「たしかに、陸くんが命を絶ってしまったのは、ふたりがきっかけだったかもしれない。でもね、人っていうのはひとつの理由でどうこうなるような、単純なものじゃないのよ」

涼子の言葉に、それまで俯いていた怜矢が顔をあげた。

「人はね、常に悩みを抱えているの。自分は幸せだって思うこともあるだろうけれど、それはずっとは続かない。生きている限り、問題や不安は尽きないの。それがひとつずつやってくればいいけれど、悪いことって重なったりするのよね。ひとつが小さな悩みだとしても、それがいくつも重なっちゃうと、ものすごく大きなものになっちゃって、自分で抱えきれなくなってしまう。それが限界を超えると、自分でも無意識のうちに突発的な行動に出てしまうこともあるの。それを踏まえて訊くけれど――」

涼子は怜矢と由奈に、顔を向けた。

「陸くんにとって、ふたりはどんな存在だったのかしら」

意外な質問に、由奈は驚いた。怜矢も同じらしく、口を中途半端に開けて涼子を見ている。由奈は涼子の問いに答えた。

「私は、陸のファンだった」

涼子は頷き、怜矢に答えるよう促した。

「あなたは？」

考えるような間のあと、怜矢が答える。

「俺は陸のファンで、陸にとっては好意を持っていた相手――」

涼子はふたりの答えを受けて、改めて訊ねた。

「ひとつ訊くけど、ファンはあなたたちふたりだけ？」

由奈は首を横に振る。

「ほかにもいた。もっと、たくさん」

「じゃあ、もうひとつ訊くけど、陸くんが好きだったのは怜矢くんだけ？」

涼子の問いの意味がすぐにはわからず、由奈は訊き返した。

「どういう意味ですか？」

涼子は面倒そうに、説明した。

「だから、陸くんにほかに好きな人はいなかったのかってこと。ああ、勘違いしないで。陸くんは気が多い子だったかって訊いてるわけじゃないの。怜矢くんを好きになる前に好意を持った人がいたとか、ほかに気になる人はいなかったかってこと」

由奈は言い返すように答えた。

「そんなことわからない。だって、陸のプライベートを知らないもの」

「あなたは？」

涼子は怜矢を見た。怜矢が戸惑った様子でつぶやく。

「俺も、知らない」

涼子は由奈と怜矢を、憐れむような目で見た。

「ふたりとも、自分たちが思っているほど、陸くんにとっては特別な存在じゃなかったんじゃない？」

思いもよらない言葉に、由奈は固まった。

「そんなことは――」

涼子は軽い口調で言う。

「だって、ふたりとも大勢いるファンのなかのひとりでしょ？」

涼子が再び怜矢に目を向けた。

「怜矢くんは陸くんから好かれていたから、もうちょっと深い関係とも言えるけど、あなたにフラれたら生きていけないっていうくらい強いものだったかしら。もしかしたら、ほかにもっと好きな人がいて、あなたからフラれたのは、その人にフラれたあとだったかもしれないよね」

「どういう意味ですか」

怜矢が震える声で訊く。

涼子は仁王立ちになると、よく通る声で言い放った。

「ふたりとも、陸くんにとって特別な存在じゃなかったってこと。そりゃあ、ふたりから言われたことには傷ついたと思う。でも、特別じゃない人間から言われたからって、それだけで死を選ぶなんてあり得ない。あんたたち、自分は陸くんにとってものすごい影響力を持っていたって思っているようだけど、そんなの私から言わせれば傲慢以外の何物でもない。思いあがってんじゃないわよ」

由奈は声を失った。いままで、涼子のような考えをしたことはなかったし、陸を死に追いやったと自分を責めることが傲慢だなんて思ったこともなかった。怜矢も茫然としている。

涼子は言葉を続ける。

「死ななければいけなかった人も辛いけれど、残された者の辛さもわかる。でもね、その辛さを背負うのは、生き残った人の宿命なの。死んでしまった人が誰で、どんな別れ方だったとしても、残された人は悲しいし、なにかしらの悔いが残る。その辛さを抱えながら生きなければいけないの」

涼子は少しの間のあと、穏やかな声で由奈と怜矢に諭すように言う。

「もし、あなたたちが陸くんと同じ道を辿るようなことがあったら、いまの自分たちと同じ辛さを残された人に背負わせることになるのよ。そんな思い、誰にもさせたくないでしょう？　だったら、辛さに耐えて前を向きなさい。陸くんに対して罪を感じているなら、なおさらよ。命や人生を捨てるなんて、楽はさせない。辛さを抱えて生きることで、罪を償いなさい」

目の前が、再び滲んでくる。涙が溢れ、なにも見えなくなった。

「陸――」

目に見えない陸を呼ぶ。心ではずっと呼びかけていたが、声に出して名前を呼んだのは、陸がいなくなってからはじめてだった。

「陸――ごめんね」

ずっと言えなかったことを声にすると、押し殺していた心が一気に表に溢れ出てくるようだった。

「陸、ごめんね。私、陸が好きだったの。好きだったから、あんなひどいこと言っちゃったの。ごめんね、本当にごめんね。いまでも陸のことが好き。陸が誰を好きでも、どんな人でもずっと好き。大好き」

怜矢も陸に向かって言う。

「俺も、ごめんな。びっくりして、あんなこと言って。俺、陸の音楽好きだよ。もっといろんなこと話したかった。陸、ごめんな」

由奈と怜矢が陸に詫び続けていると、部屋のドアが開いて宮嶋が入ってきた。約束の五分が経ったのだ。宮嶋はしゃくりあげている由奈を見て、驚いて駆け寄ってきた。

「大丈夫かい、落ち着いて」

由奈は宮嶋に向かって、つぶやいた。

「先生、私、生きます。いいえ、生きなければいけない――」

宮嶋が意外な顔で涼子を見た。目が、この短い時間でなにがあったのか、と訊いている。涼子はその視線から目を逸らし、短く言う。

「五分、経ちました」

五

涼子の事務所のソファのうえで、丹波はため息を吐きながら涼子を見た。

「傲慢とは、お前も思い切ったことを言ったな」

丹波の向かいのソファで、涼子は長い髪を手で後ろに掻きあげる。

「荒療治だけれど、そこまで言わないと、由奈ちゃんを救えないと思ったのよ。怜矢って子もね」

由奈が入院している病院で、由奈と怜矢に会った日から二週間が過ぎた。病院を出てからすぐに丹波に連絡をして、由奈が心を病んだきっかけを伝えると、丹波はしばらく黙っていたが、わかった、とだけ言って携帯電話を切った。

丹波から、報告があるから事務所へ行く、と連絡があったのは今朝のことで、涼子がまだソファでうとうとしていたときだった。昨夜、別な依頼に手こずり、そのまま事務所のソファで寝たのは明け方だった。涼子は寝ぼけながら、明日にしてくれ、と頼んだが丹波は引かない。

丹波の身勝手はいつものことだ。毎度、付き合っていたら身が持たない。涼子は、丹波の頼みを無視して、電話を切ろうとした。そのとき、携帯の向こうから、由奈ちゃんのことだ、という声が聞こえた。

涼子はいっぺんに覚めた。由奈と怜矢に、傲慢だ、と言い放ったあと、ふたりがどのようにしているかわからなかった。気にはなっていたが、丹波から受けた依頼は、由奈が心を病んだ理由を調べてほしい、というところまでで、そのあとのふたりの様子の報告までは依頼に入っていなかった。なにかしらの手を使って情報を摑むことはできたが、それは越権行為だし、そのうち丹波が知らせにくるだろう、と思い調べなかった。

丹波が事務所に来たのは、電話を切ってから十分後。涼子の返事がどのようなものであれ、すぐに事務所へ来られる場所にいたのだ。

丹波は勧めてもいないのに、勝手にソファに座るとぼそりと言った。

「由奈ちゃんが、飯を食いはじめたそうだ」

丹波の話によると、涼子たちが病院に忍び込んだ翌日から、水分を口にするようになり、やがて、重湯やペースト状の野菜を食べられるようになり、いまでは固形物も口にできるまでになったという。

担当医の宮嶋が言うには、由奈は生きる気持ちになった理由は頑なに言おうとしないが、私は生きなければならないんです、とつぶやきながら、懸命に生きようとしているようだった。生気のなかった目には力が戻り、積極的に病院の中庭へも散歩に行っている。あとは本人の生きる気力を周囲が支えながら体力の回復に努め、身体の状態がよくなれば退院も近い、とのことだった。

丹波はソファの背にもたれると、羽織っているジャケットのポケットに、両手を突っ込んだ。

「最初にお前から報告を受けたときは、そんなきついことを言って、逆に由奈ちゃんや怜矢ってやつがもっと追い詰められたらどうすんだ、って思ったが結果的にはお前がふたりを救ったってことになるな」

涼子は長い脚を組んだ。

「犯罪レベルのいじめとか、集団リンチとか、明らかにそれが自殺の原因だってわかっている事案なら別だけど、そのほかは、いろんな悩みが入り混じって追い詰められて自ら命を絶ってしまうケースがある。今回はそっちだと思ったし、私はどんな場合でも、残された者は悲しみも辛さも後悔も背負って生きていかなきゃいけないって思っている」

涼子は自分の足元に、目を落とす。

「だから、ふたりにも生きることを望んだし、できることなら、陸くんと同じ運命を辿ろうとしている人を救えるような人になってほしいの。それが、陸くんへの最大の罪滅ぼしだと思うから」

丹波が少し考えるような間のあと、つぶやくように言う。

「まあな――おれもいろんな事件を扱ってきたが、真相ってのはいつもよくわかんねえ。実際にあった出来事と、その裏にある事情ってのは必ずしも一致するわけじゃあねえしな。ただ、人は罪を犯したら償わなきゃなんねえってことだ。どんなことをしてもな」

由奈はいま、やっと生きなければいけない、と思いはじめたところだ。これからどのような道を歩むのかはわからないが、陸のことをずっと胸に抱きながら命を大切にしていくだろう。怜矢もきっと、そうだ。陸の気持ちを拒んだ罪悪感はおそらく消えない。でも、だからこそ、人の気持ちを大事にする、優しい人間になれるのではないか。

いきなり丹波が、ソファのうえで大きく伸びをした。

「いやあ、今回はまったくもって、なんの得にもなんなかったなあ」

涼子ははっとして、丹波のほうへ身を乗り出した。

「そうだ、あんた、今回の依頼を引き受けたら悪いようにはしない、みたいなこと言ってたわよね。それはどうなったのよ」

丹波が大げさに、残念そうな顔をする。

「おれが、由奈ちゃんの命を救えればいいポジションに引き上げられて、お前たちにもいま以上に融通を利かせられると思ったんだが、まさか五十嵐さんに、おたくのお嬢さんが心を病んだのは、そいつを自殺に追いやったかもしれないという罪悪感だ、なんて言えるわけねえだろう」

たしかに、と涼子は思う。陸が命をかけて守ろうとした秘密を誰にも言いたくないし、結果として由奈を救うという目的は果たせそうなのだから、言わなくて済むならそのほうがいい。

部屋が静かになったとき、事務所のドアが開いて貴山が入ってきた。きつい目で丹波を睨む。

「まったく、事務所へ来るときはもっと早く連絡してくださいっていつも言っているでしょう」

丹波はにやりと笑う。

「刑事ってのは、先の予定が立たねえもんなんだよ。それより、なんか淹れてくれよ」

どこまでも身勝手な丹波を無視して、貴山は事務所の隅にあるマロのケージの前に立ち挨拶をした。

「おはよう。会いたかった」

丹波が眉間に皺を寄せて、貴山から顔を背ける。

「大の男の猫なで声ってのは、聞いてて気持ちいいもんじゃねえな。そいつ、そんなにかわいいかよ」

貴山がむっとして丹波を睨む。

「私がなにをどう思おうと勝手でしょう。種族、性別、年齢問わず、愛しいものは愛しいんです。対象はなんでもいい。なにかを大切に思う気持ちが尊いんです」

丹波は返す言葉に詰まったように黙った。やがて、ぼそりと言う。

「お前のいうことも一理あるな。こんど、そいつ——マロになにか差し入れ持ってきてやるよ」

貴山は一瞬、驚いたような顔をしたが、マロをケージから出して抱きしめると、涼子と丹波に言う。

「ジャスミン・イン・ラヴというお茶を淹れましょう。きっといまの気分に合うと思います」

貴山に抱かれながら、マロが同意するように鳴いた。

柚月裕子（ゆづき・ゆうこ）
1968年、岩手県生まれ。2008年、『臨床真理』で第７回「このミステリーがすごい！」大賞を受賞し、デビュー。'13年に『検事の本懐』で第15回大藪春彦賞を、'16年に『孤狼《ころう》の血』で第69回日本推理作家協会賞（長編及び連作短編集部門）を受賞。同作は白石和彌監督により、'18年に役所広司主演で映画化された。'18年『盤上の向日葵』で〈2018年本屋大賞〉２位となる。他の著作に『検事の信義』『月下のサクラ』『ミカエルの鼓動』『チョウセンアサガオの咲く夏』など。近著は『教誨』。

初出
『物理的にあり得ない』「メフィスト」2017VOL.3
『倫理的にあり得ない』「日刊ゲンダイ」2022年10月4日～2022年11月29日
『立場的にあり得ない』「日刊ゲンダイ」2022年11月30日～2023年2月3日

合理的《ごうりてき》にあり得《え》ない ２ 上水流《かみづる》涼子《りょうこ》の究明《きゅうめい》

第一刷発行 二〇二三年三月二十七日
第二刷発行 二〇二三年四月 十九 日

著者 柚月裕子《ゆづきゆうこ》
発行者 鈴木章一
発行所 株式会社講談社
東京都文京区音羽二－十二－二十一
郵便番号 一一二－八〇〇一
電話 出版 〇三－五三九五－三五〇五
販売 〇三－五三九五－五八一七
業務 〇三－五三九五－三六一五
本文データ制作 講談社デジタル製作
印刷所 株式会社ＫＰＳプロダクツ
製本所 株式会社若林製本工場

定価はカバーに表示してあります。

ISBN978-4-06-529781-0
N.D.C.913 255p 20cm

KODANSHA